Selenia Night

Jared – Vampir meiner Träume

Leila war sieben Jahre alt, als sie den Mord an ihren Eltern mitansehen musste. Fast hätte der Täter auch sie umgebracht, doch wie durch ein Wunder verschwindet er plötzlich, ohne ihr etwas anzutun. Als Leila heute in den Wald zum Unglücksort zurückkehrt, begegnet ihr dort ein junger Mann. Leila erkennt in ihm den Mörder ihrer Eltern – den Vampir, der sie seit damals sogar nachts in ihren Träumen heimsucht. Auch dieses Mal verschont er sie, was Leila Rätsel aufgibt. Trotz furchtbarer Angst begibt sie sich auf die Suche nach ihm und lernt Jared dabei näher kennen. Sie stellt fest, dass er keineswegs der blutrünstige Vampir ist, für den sie ihn zuerst hielt. Stattdessen bereut Jared seine Taten und will sie beschützen. Als Leila sich daraufhin in ihn verliebt, ist sie hin und her gerissen. Hat ihre Liebe zu dem unsterblichen, bluttrinkenden Mörder eine Zukunft?

Selenia Night

Jared
Vampir meiner Träume

Selenia Night

Jared – Vampir meiner Träume

Schlagworte
Vampirgeschichten, Fantasy, Fantasygeschichten,

Impressum

© Ann-Kathrin Schaumburg, Bad Dürrenberg, 2014
Umschlag- und Titelgestaltung: Pierre Kynast
Titelbild: Caspar David Friedrich. Felsenlandschaft im Elbsandsteingebirge

Erste Ausgabe
© pkp Verlag, Pierre Kynast, Leuna, Dezember 2014
Internet: http://www.pkp-verlag.de
Herstellung und Vertrieb: Books on Demand GmbH, Norderstedt
Taschenbuch: ISBN 978-3-943519-16-7
E-Book: ISBN 978-3-943519-17-4

Inhalt

Prolog

Ich war auf der Jagd und hockte wartend im Wald hinter einem Busch. Vor einer knappen Minute war mir der köstliche Geruch menschlichen Blutes in die Nase gestiegen. Blut von mehreren Menschen.

Nun sah ich sie, meine nächsten Opfer. Es waren eine Frau und ein Mann Mitte 30, die gerade um die Wegbiegung kamen.

Ich versteckte mich etwas tiefer zwischen den Zweigen, damit sie mich nicht bemerkten. Beim Gedanken an ihr warmes Blut lief mir das Wasser im Mund zusammen. Sie würden eine leichte Beute sein, so ahnungslos wie sie waren. Die meisten Menschen heutzutage hatten vergessen, dass es so etwas wie mich überhaupt gab. Sie glaubten nicht mehr an die alten Legenden und waren dadurch vollkommen unvorbereitet. Das Wissen, wie man sich schützen oder wehren konnte, war über die Zeit längst verloren gegangen.

Kurz bevor meine Beute an mir vorbei kam, sprang ich aus dem Gebüsch, knurrte gefährlich und fletschte drohend die Zähne.

Die Frau schrie erschrocken auf und wich einen Schritt zurück.

Das Paar war völlig überrumpelt und verwirrt. Genau wie ich vermutet hatte.

„Wer sind sie? Was wollen sie von uns?", rief der Mann mit zittriger Stimme. Er konnte die Gefahr spüren, aber nicht genau einordnen, was ich von ihnen wollte. Schützend hatte er sich vor seine Frau gestellt.

Wie sinnlos dieser Rettungsversuch war! Einmal auf Jagd gab es für mich sowieso kein Halten mehr.

Ich konnte ihre Angst riechen. Langsam und genussvoll sog ich ihren Geruch ein. Mir brannte es in der Kehle, solchen Durst hatte ich. Meine letzte Mahlzeit lag eindeutig schon zu lange zurück. Leicht verlagerte ich mein Gewicht nach vorn - bereit zum Sprung. Mit einem Satz war ich bei ihnen, packte den Mann und grub meine spitzen Zähne genüsslich in seinen Hals. Ich spürte sein warmes Blut meine trockene Kehle hinab fließen. Viel zu schnell war sein Körper leer und ich leckte mir den letzten Blutstropfen von den Lippen.

Die Frau stand noch immer vor Schreck wie versteinert daneben. Voller Entsetzen starrte sie mich an und beobachtete, wie ich seinen Leichnam achtlos fallen ließ. Noch immer hungrig stürzte ich mich auf sie.

In diesem Moment hörte ich einen leisen, unterdrückten Schrei. Doch wer auch immer das war, konnte warten. Zuerst kümmerte ich mich um die Frau. Auch wenn mein größter Durst gestillt war, satt war ich noch nicht.

Als auch die Frau blutleer war, drehte ich mich in die Richtung, aus der das Geräusch gekommen war. Suchend schaute ich mich um. Hinter einem Strauch erkannten meine scharfen Augen ein Mädchen. Es duckte sich zitternd in der Hoffnung, ich würde es nicht sehen.

Doch es war bereits zu spät. Mit wenigen Schritten war ich bei ihr und schloss bei ihrem Duft voller Genuss einem Moment die Augen. Als ich sie wieder öffnete und mich hinunterbeugte um zuzubeißen, wich sie zurück.

„Nein, bitte nicht!", flehte die Kleine. Sie war vielleicht sechs bis sieben Jahre alt und zitterte am ganzen Körper. Ich war nicht herzlos und im Nachhinein würde ich es wahrscheinlich bereuen.

Aber im Augenblick war das Verlangen nach Blut mal wieder stärker. Es verhinderte, dass ich klar darüber nachdenken konnte, was ich gerade im Begriff war zu tun.

Bei ihrem Versuch rückwärts von mir wegzukriechen, verlor das Mädchen ihr Gleichgewicht. Es fiel nach hinten und zog sofort wieder ängstlich den Kopf ein. Doch der kurze Moment genügte mir, um ihr Gesicht zu sehen.

Erschrocken zuckte ich zusammen. Das konnte nicht wahr sein!

Ich ignorierte den Drang, auch sie zu töten und rannte davon. In meinem Kopf schwirrten die Gedanken umher. Nein, das war unmöglich! Sie konnte es nicht sein und doch sah sie ihr so ähnlich. Ich lief, so schnell ich konnte. Aber das kleine, ängstliche Gesicht mit den blauen Augen, eingerahmt von ihren langen, schwarzen Haaren, sah ich noch vor mir, als ich bereits die Grenze nach Kanada überquert hatte.

Kapitel 1 – Albträume

„Hey Leila, warte!"

Ich drehte mich um und sah meine beste Freundin Jessica auf mich zurennen. „Sag bloß, dein Wagen springt wieder nicht an", meinte ich leicht spöttisch und mit einem Grinsen.

Jessis VW hatte schon einige Jahre hinter sich und es kam nicht selten vor, dass ihre Schrottkarre keine Lust mehr hatte. Aus genau diesem Grund blieb ich meinem Drahtesel treu.

„Doch, aber ich hatte ganz vergessen, dich zu fragen, ob du heute mit mir ins Kino gehen willst. Du weißt, dieser neue Film mit Orlando Bloom. Oh, ich finde ihn so süß!"

Doch bevor Jessi weiter schwärmen konnte, stoppte ich sie. „Sorry, aber heute nicht. Du weißt doch, welcher Tag heute ist", sagte ich bedrückt.

„Oh, stimmt ja. Tut mir Leid, hab ich nicht mehr dran gedacht", entschuldigte sie sich und schlug vor: „Na dann, vielleicht nächstes Mal."

„Mh", murmelte ich als Antwort.

Jessi drehte sich um und stieg in ihr Auto. Sie winkte mir. „Dann, bis morgen!", rief sie mir zu und startete den Motor.

„Ja! Tschüss!" Ich schaute ihr noch hinterher, dann stieg ich auf mein Fahrrad und machte mich auf den Heimweg.

Wenigstens regnete es heute nicht. Es war Anfang April und zum ersten Mal in diesem Jahr strahlte der Himmel blau und war wolkenlos. Schönes Wetter war hier in Longview selten. Aber heute war ein richtiger Frühlingstag.

Genauso wie damals, dachte ich traurig. Hoffentlich ist das kein böses Omen. Ich trat etwas schneller in die Pedale, um diese trüben Gedanken zu verdrängen.

Als ich am Haus meiner Tante ankam, stellte ich mein Rad ab und ging rein.

„Hallo, Tante Sue. Ich bin´s!", rief ich nach drinnen.

Sue kam aus der Küche. Ihre roten Locken standen wie immer in alle Richtungen ab. Sie wurde von allen um ihre Haare beneidet, besonders von mir. Meine waren schwarz und gingen mir bis zur Hüfte. Also viel langweiliger als solche coolen Locken.

„Hallo, meine Kleine. Na, wie war´s in der Schule?", begrüßte sie mich liebevoll lächelnd.

„Sue! Ich bin nicht deine *Kleine*! Ich bin 17", beschwerte ich mich nur leicht verärgert. Ich liebte meine Tante wirklich über alles, aber manchmal behandelte sie mich wie ein kleines Kind.

„Ich weiß. Aber es fällt mir einfach schwer, das einzusehen", entschuldigte sie sich mit einem Lächeln.

„Schon gut", sagte ich bereits wieder versöhnt. „In der Schule war es wie immer. Nicht viel los. Wir haben heute in Bio einen Test geschrieben. Nur über diesen Zellenquatsch! Hab ein echt schlechtes Gefühl", meinte ich und ging in die Küche. Ich nahm mir aus dem Kühlschrank eine Flasche Apfelsaft.

Sue folgte mir. „Ich wollte noch einkaufen. Soll ich dir was mitbringen?", bot sie an.

Ich schüttelte nur dankend den Kopf. „Nein. Ich bin nach dem Abendessen sowieso satt. Du weißt doch, wie sehr ich deine Spaghetti - Bolognese liebe." Ich strahlte sie an. Sue war nicht nur die allerbeste Tante, die man sich vorstellen konnte, sondern auch eine fantastische Köchin.

„Geh nur. Ich mach noch Hausaufgaben, danach gehe ich Blumen kaufen“, sagte ich und stellte den Apfelsaft wieder zurück, nachdem ich einen Schluck getrunken hatte.

„Und du willst wirklich allein dahin? Du weißt, ich würde dich auch begleiten. Du musst es nur sagen.“ Sue sah mich besorgt an.

Ich wusste, woran sie dachte. „Ich muss das allein machen“, sagte ich traurig. „Keine Ahnung, warum. Aber es ist, als ob eine innere Stimme mir sagt, dass ich genau das tun soll. Vielleicht kann ich dann auch endlich richtig Abschied nehmen. Mach dir keine Sorgen. Mir passiert schon nichts. Das ist zehn Jahre her! Spätestens um 6 bin ich wieder da“, versuchte ich meine Tante und gleichzeitig mich selbst zu beruhigen. Ich drückte Sue schnell und rannte dann mit meiner Schultasche über der Schulter die Treppe rauf in mein Zimmer.

Dort setzte ich mich aufs Bett und holte erst einmal tief Luft. Warum nur konnte ich das alles nicht verarbeiten? Eigentlich war ich ja schon längst darüber hinweg. So schlimm es damals auch gewesen war und so sehr mir meine Eltern fehlten. Inzwischen hatte ich gelernt, ohne sie zu leben.

Aber erst letzte Nacht war er wieder da gewesen. In meinen Träumen rannte ich durch den Wald. Immer wieder schaute ich mich angstvoll um. Dann plötzlich holte er mich ein und stürzte sich auf mich. Und wie jedes Mal war ich genau in diesem Moment mit einem Schrei schweißgebadet aufgewacht.

Es hatte sich nicht viel seit dem Tag vor so vielen Jahren verändert. Zwar träumte ich jetzt nicht mehr jede Nacht von ihm, aber die Bilder waren noch immer so echt und erschreckend wie zu Beginn.

Vielleicht war das der Grund, warum ich heute in den Wald wollte: um die Vergangenheit hinter mir zu lassen und anschließend endlich ein normales Leben führen zu können.

Kapitel 2 – Der 10. April

Es war damals nicht leicht gewesen. Niemand hatte mir geglaubt. „Das Kind hat einfach zu viel Fantasie", hatten alle gesagt. Natürlich hatte sich die Presse um die Story gerissen. Aber wirklich geglaubt, hatte mir nur Tante Sue. Die polizeilichen Ermittlungen waren längst eingestellt, denn es hatte keine weiteren Zeugen gegeben. Auch waren keine verwertbaren Spuren gefunden worden. Manchmal wünschte ich mir, sie würden neue Hinweise finden und den Täter endlich schnappen. Aber tief drin wusste ich, dass das nie geschehen würde.

Ich stellte mich vor den großen Wandspiegel. „Leila Torner. Hör endlich auf, dich fertig zu machen", sagte ich streng zu mir. Dabei betrachtete ich mein Spiegelbild. Ich hatte die Haare locker zu einem Pferdeschwanz gebunden. Die blauen Augen, die ich von meinem Dad geerbt hatte, schauten mich traurig aus dem Spiegel heraus an. Sue verglich sie immer mit einem strahlenden Sommerhimmel.

Doch heute strahlte nichts an mir. Nach dem Albtraum letzte Nacht hatte ich nicht mehr schlafen können und außerdem hatte ich einen stressigen Schultag hinter mir. Ich sah total übermüdet aus und genau das war ich auch. Wenn ich diese Nacht wieder nicht schlafen könnte, würde ich den morgigen Tag nicht überstehen.

`Aber dazu musst du erst einmal den heutigen Tag überleben und nicht im Wald von einen Monster umgebracht werden`, dachte ich sarkastisch. Denn heute war der 10. April und da war alles möglich. Seit zehn Jahren war das jetzt schon der schlimmste Tag des Jahres für mich.

Ich würde diesen Tag nie vergessen. Darüber zu reden, fiel mir allerdings unglaublich schwer. Außerdem wusste sowieso ganz Longview, was damals geschehen war.

Deshalb lächelte mich Miss Stanley im Blumenladen jetzt auch so mitfühlend an, als ich sagte, ich hätte gern einen Strauß für meine Eltern.

„Du vermisst sie immer noch, mh?", fragte sie voller Mitgefühl.

Da mir Tränen in die Augen traten und meine Stimme wahrscheinlich versagen würde, nickte ich nur.

Normaler Weise sprach mich niemand darauf an, weil es inzwischen einfach so lange her war. Aber vergessen hatte es sicherlich kaum jemand und alle wussten, wie schwer es auch heute noch für mich war. Vor allem an ihrem Todestag.

„Es wäre bestimmt leichter für dich, wenn sie den Täter gefasst hätten", meinte die Verkäuferin nachdenklich und band gleichzeitig den Strauß.

„Ja. Wahrscheinlich." Da ich nicht darüber reden wollte, wechselte ich das Thema. „Ähm, was ich Sie noch fragen wollte: Hätten Sie vielleicht eine kleine Vase? Ich möchte die Blumen an das Kreuz im Wald stellen und bräuchte etwas Wasser, damit sie länger frisch bleiben."

„Natürlich." Miss Stanley lächelte mich verständnisvoll an und ging kurz nach hinten. Sie kam mit einer braunen Vase mit verschiedenen, bunten Mustern wieder vor. „Bitte. Ich habe dir auch gleich Wasser eingefüllt", sagte sie freundlich und stellte die Vase auf der Theke ab.

„Danke. Was kostet das dann?", fragte ich mit einem besorgten Blick in mein Portemonnaie. Hoffentlich reichte das bisschen Geld, was ich noch hatte. Vielleicht hätte ich vorher lieber etwas aus meinem Sparschwein mitnehmen sollen.

„Ich mach dir heute ein Angebot: alles zusammen nur 9$", bot Miss Stanley an.

Puh, soviel hatte ich zum Glück noch. Schnell bezahlte ich, nahm Blumen und Vase, verabschiedete mich und verließ mit zügigen Schritten den Laden.

`Auf in den Gruselwald`, dachte ich und machte mich mit einem etwas mulmigen Gefühl auf den Weg.

Kapitel 3 – Tödliche Begegnung

Vor genau zehn Jahren, ich war damals sieben Jahre, hatte ich mit Mom und Dad einen Spaziergang im Wald gemacht. Das taten wir oft, vor allem weil unser Haus direkt am Waldrand stand. Ich hatte mich immer auf diese Ausflüge gefreut und es kaum erwarten können, wenn für das Wochenende mal wieder ein `Trip ins Grüne´ am Kalender stand.

Der Wald war so etwas wie mein Spielplatz gewesen. Oft hatte ich mir vorgestellt, wie die Bäume mit mir redeten und ich war einfach nur glücklich gewesen, wenn ich sie besuchen konnte. Ich hatte ihnen zugehört und leise mit ihnen gesprochen. Sie waren meine Freunde, die Geschichten aus uralten Zeiten kannten. Diese Ruhe hatte ich geliebt: sich im Wald auf einen umgefallenen Baumstamm zu setzen und dem Zwitschern der Vögel zu lauschen.

Am Wegrand wuchsen damals bereits die ersten Waldblumen und ich wollte Tante Sue einen kleinen Strauß mitbringen. Meine Eltern gingen etwas voraus, während ich pflückte. Sie wussten, dass ich in Sichtweite blieb und eigentlich konnte ja auch nichts passieren. Das dachten wir zu dieser Zeit zumindest noch.

Doch dann bemerkte ich die unheimliche Stille. Irgendetwas stimmte hier nicht.

Aber bevor ich Mom und Dad fragen konnte, ob ihnen das auch aufgefallen war, hörte ich Mom auf einmal aufschreien und gleichzeitig ein Knurren, wie von einem Raubtier. Erschrocken drehte ich mich um, um zu schauen, was los war. Ich hätte beinahe selbst geschrien: Dort stand ich ein Monster.

Eigentlich war es nur ein junger Mann, aber er sah gefährlich aus, denn er hatte lange, spitze Eckzähne. Das konnte ich sehen, weil er die Zähne fletschte. Auch das fürchterliche Knurren stammte von ihm. Außerdem fielen mir seine leuchtend roten Augen auf, mit denen er meine Eltern fixierte.

Ich hockte zum Glück noch im Gebüsch, wodurch er mich noch nicht bemerkt hatte und jetzt machte ich mich so klein, es ging. Hoffentlich entdeckt er mich nicht.

Dad wollte Mom beschützen und dieses geisteskranke Etwas vertreiben, doch er hatte keine Chance. Das Monster stürzte sich auf ihn und ich sah nur, wie es kurz darauf Dad los ließ, der leblos zu Boden fiel. Die Bestie stürzte sich auch schon auf Mom, die bewegungsunfähig zugesehen hatte und mir entfuhr ein leiser Schrei.

Was war das für ein Verrückter, der da gerade meine Eltern umbrachte? Ich hatte immer Gruselgeschichten geliebt und wusste deshalb, dass sein Aussehen direkt auf einen Vampir passte. Doch das konnte nicht sein! Die gab es doch nur in Legenden!

Während mir das alles durch den Kopf schoss und die Angst mich lähmte, beobachtete ich, wie auch meine Mom leblos zu Boden sank.

Und plötzlich hob das Ungeheuer den Kopf und schaute sich suchend um. Schließlich blieb sein Blick an dem Busch hängen, hinter dem ich kauerte. Nun kam es direkt auf mich zu.

Ich versuchte rückwärts wegzukriechen, doch da beugte es sich schon über mich und ließ ein leises Knurren ertönen.

„Nein! Bitte nicht!", flüsterte ich verzweifelt und rutschte dabei weiter von ihm weg. Eine Flucht würde ich wahrscheinlich nicht mehr schaffen, aber im Moment hatte sowieso die Panik die Kontrolle über mein Handeln übernommen. Ich fiel zittern nach hinten, rappelte mich wieder auf und versuchte, weiter zu fliehen.

Doch von einem Moment auf den anderen drehte das Monster sich um und verschwand. Es ließ mich lebend und unversehrt mit meinen toten Eltern zurück.

Als ich sicher war, dass es nicht wieder kam und ich mich einigermaßen beruhigt hatte, rief ich Tante Sue mit dem Handy von Dad an und erzählte ihr stockend alles. Sie war total geschockt, machte sich sofort auf den Weg und verständigte die Polizei.

Die Beamten waren bereits wenige Minuten später da und nahmen meine Aussage auf. Aber sie glaubten mir nicht. Sie meinten, das wäre so ein irrer Killer und nie im Leben ein Vampir gewesen. So etwas bilden sich Kinder manchmal ein, besonders wenn sie solch ein Ereignis, wie den Tod ihrer Eltern, miterlebt hatten. Auf diese Art würde das Bewusstsein versuchen, sich vor der schrecklichen Wahrheit zu verschließen.

Doch das war die Wahrheit. Nie hätte ein normaler Mensch diese furchtbare Tat begehen können.

Tatsächlich gab es ungeklärte Fragen. Das größte Rätsel, was die Polizei sich nicht erklären konnte, waren die kleinen Einstiche am Hals meiner Eltern. Diese bluteten nicht einmal richtig und trotzdem waren ihre Körper blutleer. So etwas konnte kein Mensch verursachen.

Glauben taten sie mir allerdings nicht.

Ich spürte, wie mir bei der Erinnerung Tränen in die Augen stiegen.

Die Wochen nach dem Mord an meinen Eltern war ich kaum ansprechbar gewesen. Tante Sue hatte versucht, mich zu trösten. Sie hatte als einzige Verwandte nun das Sorgerecht und nahm mich zu sich. Da Sue jedoch wusste, wie sehr ich an unserem Haus und den Blick in den Wald hing, blieben wir dort wohnen.

Anfangs hatte ich jedoch nicht mal aus meinem Fenster schauen können, weil der Wald, den ich einst so geliebt hatte, jetzt dunkel und gefährlich wirkte. Die strahlende Schönheit war irgendwie verschwunden und meine Baum-Freunde schienen verstummt zu sein.

Ich war seit damals nicht wieder dort gewesen. Die Angst war zu groß, die Stelle zu sehen, an der meine Eltern gestorben waren und geistig alles noch einmal mitzuerleben. Doch die Hoffnung, die ganze Sache zu verarbeiten und endlich ohne Albträume zu schlafen, trieb mich in den Wald an das kleine Holzkreuz, das an den tragischen Tod von meiner Mom und meinem Dad erinnern sollte.

Kapitel 4 – Zurückgekehrt

Es war komisch nach all den Jahren wieder hier zu sein. Der Wald hatte sich fast gar nicht verändert – im Gegensatz zu mir. Ich war nicht mehr der Selbe. Das viele Nachdenken hatte Gefühle in mir hervorgerufen, die ich nicht mehr gekannt hatte. Und gleichzeitig Erinnerungen geweckt, von denen ich gehofft hatte, sie endlich erfolgreich verdrängt zu haben.

Doch obwohl ich es immer wieder versucht hatte, konnte ich sie einfach nicht vergessen. Mein recht gutes Gedächtnis verhinderte, dass das Bild von ihrem Gesicht aus meinem Kopf verschwand.

Immer wieder hörte ich ihre ängstliche Stimme, wie sie mich angefleht hatte, ihr nichts zu tun. Die ganze Zeit über hatte ich überlegt, was wohl aus ihr geworden war. Aber ich hatte mich von ihr ferngehalten.

Doch nun wurde ich von einer inneren Stimme zurückgeführt.

Ich wusste eigentlich überhaupt nicht, was ich hier wollte. Sie wiedersehen? Wissen, wie sie heute aussah? Doch wozu? Sie würde vor mir davon laufen. Oder noch schlimmer: Ich hätte mich nicht mehr im Griff, könnte mich nicht mehr beherrschen und würde sie töten. Doch daran wollte ich gar nicht erst denken. Ich durfte sie einfach nicht verletzen.

In diesem Moment stieg mir ein bekannter Duft in die Nase. Jedoch fiel mir nicht sofort ein, woher ich ihn kannte. Das Einzige, was feststand, war, dass der Geruch einem Menschen gehörte. War sie es? Ich wusste es nicht und folgte deshalb mehr aus Neugier als aus Durst dem verlockenden, süßen Duft nach Mensch.

Je näher ich der Stelle kam, umso langsamer wurden meine Schritte. Der Wald hatte sich kaum verändert. Die alten, riesigen Bäume standen noch immer da und der leichte Wind ließ ihre Blätter rascheln, so dass sie ihre Geschichten aus längst vergangenen Zeiten erzählten. Am Wegrand wuchsen die gleichen Blumen, die ich damals für Tante Sue gepflückt hatte. Sogar den Busch, hinter dem ich mich versteckt hatte, erkannte ich wieder. Er war jetzt etwas größer, doch inzwischen würde es mir nichts mehr nützen, mich dahinter zu hocken.

Nun war ich also hier, an dem Ort, wo vor zehn Jahren etwas so Schreckliches passiert war, was mein Leben verändert hatte.

Ich stellte die Vase mit den Blumen an das Kreuz. „Ich vermisse euch so!" Während ich flüsternd meinen Eltern sagte, wie sehr sie mir fehlten und wie sehr ich sie liebte, rannen mir Tränen über das Gesicht. All die wunderschönen Erinnerungen mit ihnen und auch das fürchterliche Ende tauchten wieder in meinem Kopf auf und ich schluchzte laut auf.

Doch mitten in meiner Trauer verstummte ich. War da etwas? Ich schaute mich um. Ein Knacken irgendwo im Gebüsch ließ mich erschrocken hochfahren. Doch ich versuchte, ruhig zu bleiben. `Das war bestimmt nur irgendein Tier`, redete ich mir ein. Vielleicht ein Hase oder ein Reh.

Da erklang ein leises, tiefes Knurren. Mit einer blitzschnellen Drehung wand ich mich um und schrie vor Schreck auf. Das war unmöglich! Wie…?

In diesem Augenblick huschte für einen winzigen Augenblick der Ausdruck von Erstaunen über sein Gesicht. Über das Gesicht, welches mich seit Jahren in meinen Albträumen verfolgte. Nichts an ihm hatte sich verändert. Die leuchtend roten Augen fixierten mich. Die schwarzen, zerzausten Haare bildeten zusammen mit der schwarzen Kleidung, bestehend aus einer Weste, einem Hemd, einer Hose und Schuhen einen krassen Kontrast zu seiner schneeweißen Haut.

Während ich ihn musterte und die Angst mich lähmte, rührte er sich ebenfalls nicht. Auch knurrte er nicht. Er sah mich nur finster an und biss die Zähne zusammen, so als hätte er Mühe, sich zu beherrschen.

Was hatte der Vampir vor? Hatte er die letzten Jahre auf mich gewartet? Oder war er zurückgekehrt, um mich zu holen?

Ich wusste nicht, wie viel Zeit verstrich und wir uns einfach nur gegenseitig anstarrten ohne die kleinste Bewegung.

Da klingelte mein Handy und ich zuckte zusammen, während der Mörder meiner Eltern als einzige Reaktion ein Knurren von sich gab.

Ich überlegte, ob ich rangehen sollte. Wie würde er darauf reagieren? Würde das seine Starre lösen und er mich dann angreifen? Aber wenn es Sue war, war es vielleicht meine letzte Chance, sie noch einmal zu sprechen.

Also holte ich vorsichtig das Handy aus meiner Jackentasche. Dabei bewegte ich mich so langsam wie nur möglich, um ihn nicht zu erschrecken oder zu provozieren. So ähnlich sollte man sich doch bei Raubtieren verhalten und irgendwie war er ja auch eines.

Als er sich nicht rührte, nahm ich den Anruf an.

„Ja?“ Meine Stimme war kaum hörbar.

„Oh, mein Gott! Leila! Was ist passiert? Wo bist du?“ Es war tatsächlich meine Tante. Mein panischer Tonfall verriet ihr, dass etwas nicht stimmte, weshalb sie besorgt klang.

„Noch im Wald. Er…“ Mehr brachte ich nicht heraus. Meine Stimme versagte.

Die ganze Zeit ließ ich das Monster nicht aus den Augen, jeden Moment darauf gefasst, dass es mich umbrachte. Aber bis jetzt starrte es mich nur weiterhin an.

Sue wusste sofort, wen ich meinte. Auch wenn sie ihn damals nicht gesehen hatte, glaubte sie mir, dass er ein Vampir war. Und natürlich war ihr klar, in welcher Gefahr ich schwebte. Sie schien vor Schreck den Hörer fallen zu lassen, denn ich hörte am anderen Ende der Leitung ein Klappern.

„Sue?“, fragte ich verzweifelt. Ich hatte Todesangst und wusste, dass es gleich vorbei war. Er würde mich höchstwahrscheinlich töten. Also nutzte ich meine letzten Sekunden und sagte ins Handy: „Ich liebe dich, Sue. Du bist die allerbeste Tante auf der ganzen Welt.“

Sie schluchzte. „Leila, wenn ich dich doch bloß begleitet hätte! Dann müsste ich jetzt nicht so tatenlos zuhören, wie du von einem Monster überfallen wirst.“

Da ich den Vampir noch immer genau beobachtete, um auf einen Angriff vorbereitet zu sein, nahm ich sein Zusammenzucken wahr. Er versteifte sich, drehte sich um und rannte ohne einen weiteren Blick in meine Richtung wieder in den Wald zurück.

Kapitel 5 – Warum ich?

Als ich zu Hause ankam, nahm Sue mich sofort in die Arme. Sie war überglücklich, dass ich noch lebte und mir nichts passiert war.

Als ich ihr fassungslos am Telefon gesagt hatte, er sei einfach davongerannt, hatte sie es kaum glauben können. Sue verstand genauso wenig wie ich, warum er mich nun bereits zum zweiten Mal verschont hatte.

Den gesamten Abend über suchten wir nach Antworten darauf, konnten aber keine finden.

Als ich schließlich im Bett lag, konnte ich nicht schlafen. Ich war in den Wald gegangen, um endlich zu vergessen, um Angst und Schmerz zu lindern. Doch nun schien alles noch schlimmer. Immer wieder durchlebte ich die Begegnung am Nachmittag.

Ich wusste, sobald ich einschlief, würden mich schreckliche Albträume quälen. Deshalb lag ich einfach da und starrte an die Decke. Während ich in Gedanken jede seiner Bewegungen analysierte und nach einem Hinweis darauf suchte, warum er zurückgekehrt war, wanderte mein Blick durch das Zimmer.

Gegenüber von meinem Bett war ein Fenster mit einem Schreibtisch davor. Darauf standen mein Computer und eine Schreibtischlampe. An die gelborangefarbene Wand links daneben war ein Spiegel angebracht. Die Farbe strahlte eine unglaubliche Wärme aus, was einer der Gründe war, warum ich mein ganzes Zimmer so gestrichen hatte. An der Wand links neben meinem Bett befand sich ein großes Fester mit Fensterbank. Diesen Platz hatte ich geliebt, besonders als ich kleiner war. Von da aus hatte man einen perfekten Blick über unsere Terrasse, die Wiese und den Wald dahinter.

Als ich damals die Angst vor dem Dunklen, Bösen, dort draußen überwunden hatte, war es nach und nach wieder mein Lieblingsplatz geworden. Auch heute saß ich noch gerne dort, doch der Wald hatte seinen schönen Zauber für mich verloren.

Mein Blick schweifte weiter zu dem Wecker auf dem Nachttisch. Halb zwölf. Wenn ich nicht bald einschlief, würde ich in der Schule nichts mitbekommen.

Ich drehte mich auf die andere Seite, wodurch ich zu meinem Schrank sah. Kurzentschlossen stand ich auf, öffnete ihn und kramte im obersten Fach herum, bis ich ihn gefunden hatte. Jack, meinen Teddy. Ich hatte ihn seit meinem 4. Geburtstag. Er war mein bester Freund gewesen, bis er vor einigen Jahren ganz hinten im Schrank gelandet war.

Jack war ungefähr 30cm groß, dunkelbraun mit zwei großen, schwarzen Kulleraugen und einer schwarzen, weichen Nase. Er kannte alle meine Geheimnisse und hatte mich vor allem damals oft getröstet.

Ich ging mit ihm im Arm wieder ins Bett und kuschelte mich in die Decke. Anschließend erzählte ich Jack, was passiert war und mal wieder hörte er mir geduldig zu. Das war das gute an Kuscheltieren: Sie waren immer da und nahmen es einem nicht mal übel, wenn man sie eine Weile in der Ecke liegen ließ.

Kurz darauf schlief ich ein.

Rrrrr! Ich stöhnte auf. Musste dieser verdammte Wecker klingeln? Ich fühlte mich alles andere als ausgeruht. Nachdem ich letzte Nacht endlich eingeschlafen war, hatten mich schreckliche Albträume gequält. Einmal war er plötzlich auf unserer Terrasse aufgetaucht und hatte Sue gebissen, während ich hilflos vom Fenster aus zusehen musste. In einem anderen Traum hatte er mich verfolgt und durch den Wald gehetzt. Jedes Mal war ich schweißgebadet aufgewacht.

Ich lag noch eine Weile im Bett, bevor ich aufstand. Schnell machte ich mich fertig für die Schule und ging dann nach unten.

„Morgen!", rief ich in Richtung Küche.

„Guten Morgen, Leila", begrüßte mich Tante Sue. „Du siehst ja gar nicht gut aus! Ist es wegen gestern?", fragte sie besorgt und musterte mich.

„Ja", antwortete ich traurig. „Er verfolgt mich bis in die Träume."

„Ach, Kind. Wenn ich nur wüsste, was wir machen sollen", seufzte sie. „Setz dich erst einmal hin und iss in Ruhe etwas. In der Schule brauchst du Kraft, damit du nicht einschläfst."

Ich gehorchte Sue und setzte mich an den Tisch. „Hast du heute Nachmittag wieder einen Termin mit einem deiner Klienten?", erkundigte ich mich. Ich brauchte dringend ein bisschen Ablenkung und musste über irgendetwas reden, wobei es nicht um Vampire ging.

Meine Tante ließ sich auch sofort auf den Themenwechsel ein und antwortete: „Ja. Einen. Um 15 Uhr kommt Mrs. Mallory."

„Die alte Witwe? Mit wem hat sie sich denn diesmal angelegt?", fragte ich lachend.

Mrs. Mallory war eine ältere Frau um die siebzig. Vor fünf Jahren war ihr Mann gestorben. Seitdem vertrieb sie sich die Zeit damit, sämtliche Nachbarn anzuzeigen wegen Ruhestörung, Falschparkens und so weiter. Die Meisten ließen sich das auf Dauer nicht bieten und immer wieder gab es Ärger. Dann drohte Mrs. Mallory häufig mit ihrem Anwalt. Ja, und leider war ihr Anwalt meine Tante. Manchmal kam Mrs. Mallory aber auch nur, um sich zu unterhalten oder um über ihre Sorgen zu reden.

„Keine Ahnung. Ich habe aufgehört, sie danach zu fragen. Wahrscheinlich war sie bloß auf Hundertachtzig und hatte deshalb einen Termin gemacht. Ich glaube, die Frau braucht eher einen Psychiater, mit dem sie über ihre Probleme reden kann, als einen Anwalt", meinte Sue genervt. Sie hatte inzwischen das Frühstück auf den Tisch gestellt und setzte sich jetzt ebenfalls.

„Ja. Glaube ich auch", stimmte ich ihr zu. „Na dann, viel Spaß!", fügte ich mit einem Schmunzeln hinzu.

Nachdem ich eine Tasse Kaffee getrunken und eine Schale Schokomüsli mit Milch gegessen hatte, stand ich auf. „Ich mach mich dann los."

„Ja, viel Spaß in der Schule!", rief Sue mir nach, während ich meine Tasche griff und mir bereits im Flur die Schuhe anzog.

„Tschüss! Bis heute Nachmittag!", antwortete ich und schloss hinter mir die Tür.

Ein Windstoß fuhr mir durch die Haare und ich atmete erst mal die kühle Aprilluft tief ein. Oh Mann! Ich war hundemüde und hatte keine Ahnung, wie ich den Schultag überstehen sollte. Mit Sue konnte ich wenigstens über alles reden. Aber wem sollte ich in der Schule erzählen, wie fertig ich war? Jessi konnte ich unmöglich sagen, dass ich gestern im Wald dem Mörder meiner Eltern begegnet war - einem Vampir. Sie würde mich für verrückt halten, genau wie damals ganz Longview. Aber wahrscheinlich erzählt Jessi sowieso nur, wie toll der Film war, den sie sich ansehen wollte. Also nahm ich mein Fahrrad und fuhr los.

Als ich in der Schule ankam, stand Jessi schon wartend vor ihrem hellgrünen VW. Sie strahlte mich an. „Du hast gestern echt was verpasst…“, sprudelte sie sofort los.

Ich unterbrach sie. „Hi, erst mal.“

„Ja, hi. Also, der Film gestern“, nahm sie ihren Bericht wieder auf. „OB sah so süß aus. Er hatte….“

Weiter bekam ich es nicht mit. Ich hatte richtig vermutet. Jessi redete mal wieder nur von Orlando Bloom.

Doch dafür hatte ich jetzt kein Ohr. Mir ging immer noch dieses Monster durch den Kopf. Was hatte es zu bedeuten, dass es wieder da war? Warum hatte es mich nicht angegriffen? Doch die größte Frage war: Warum passierte das alles ausgerechnet mir?

Während wir Richtung Klassenraum liefen, dachte ich über unendlich viele solcher Probleme nach.

Kapitel 6 – Verfolgungsangst

„Leila Torner! Können Sie mir die Lösung nennen?"

Ich zuckte erschrocken auf meinem Stuhl zusammen. Mr. Howe, unser Mathelehrer, sah mich strafend an. Noch immer war ich total in Gedanken gewesen und hatte keine Ahnung, wovon er redete.

„23,73x^2", flüsterte es da leise neben mir.

Sofort donnerte Mr. Howes Stimme: „Jessica Bowen! Ich habe nicht Sie gefragt!"

Schuldbewusst senkte Jessi den Kopf und schwieg. Mr. Howe war sehr streng und wenn er so wütend war wie jetzt, hielt man besser den Mund.

„23,73x^2", antwortete ich schließlich etwas kleinlaut.

„Richtig", brummte Mr. Howe und beruhigte sich wieder. „Aber wehe ich erwische Sie, wenn Sie noch mal so unaufmerksam sind. So, und jetzt…."

„Danke", flüsterte ich Jessi zu.

Diese lächelte und sah mich gleichzeitig besorgt an. „Irgendwie bist du heute gar nicht richtig da. Was ist los?", fragte sie skeptisch.

„Hab schlecht geschlafen", erwiderte ich ausweichend und schaute in Richtung Tafel, um nicht noch ein weiteres Mal Ärger zu bekommen.

Jessi schien jedoch zu bezweifeln, dass das der einzige Grund war. Sie sagte aber nichts weiter, was wohl auch an dem bösen Blick von Mr. Howe lag.

Darüber war ich irgendwie froh. Ich hatte keine Lust, mir erst irgendwelche Lügen auszudenken. Und die Wahrheit konnte ich ihr ja schlecht erzählen.

Den Rest der Stunde versuchte ich, wenigstens etwas vom Stoff zu verstehen, aber das gelang mir nicht wirklich. So ähnlich verliefen auch die restlichen Unterrichtsstunden. Ich schaffte es kaum, mich zu konzentrieren und wartete jeweils nur auf das erlösende Klingeln zum Stundenende.

Jessi machte sich sichtlich Sorgen um mich. Sie versuchte noch einige Male, den Grund für mein komisches Verhalten zu erfahren. Aber als ich jedes Mal schwieg oder mir eine Ausrede ausdachte, gab Jessi schließlich auf.

Jetzt war ich endlich zu Hause. Ich saß auf meinem Bett und schaute aus dem Fenster. Im Zimmer nebenan, dem Büro meiner Tante, schilderte Mrs. Mallory seit etwa einer halben Stunde mal wieder ihre Probleme mit den Nachbarn. Sue hatte heute Morgen Recht gehabt: Die Witwe brauchte nur jemanden zum Reden.

Ich ließ meinen Blick über den Wald schweifen. Ein paar Wolken bedeckten den Himmel, doch die Sonne kämpfte sich immer wieder durch und ließ das Grün der Bäume leuchten. Der Wald sah richtig einladend und friedlich aus.

Doch ich musste an den Vampir denken, der da draußen umherschlich und vielleicht nur darauf wartete, mir das Blut auszusaugen. `Willst du dich hier ewig verstecken?`, fragte ich mich. Zur Antwort schüttelte ich den Kopf. Nein. Ich würde da raus gehen. Von einem verrückten Untoten ließ ich mich doch nicht einschüchtern!

Entschlossen stand ich auf und klopfte an die Bürotür.

„Ja", ertönte Sues Stimme von innen.

Ich schob den Kopf durch den Spalt, grüßte Mrs. Mallory und sagte an Sue gerichtet: „Ich bin noch mal weg."

Sie nickte nur und ich schloss die Tür, um sie nicht weiter zu stören. Dann ging ich die Treppe nach unten, zog meine Schuhe an und schnappte mir den Schlüssel. Als ich das Haus verlassen hatte, lief ich Richtung Wald. Der Pfad, der von unserer Terrasse wegführte, kreuzte nach etwa einer halben Stunde einen Wanderweg, dem ich vorerst folgte.

Ich lief langsam, hörte den Vögeln zu, wie sie ihre Lieder sangen und versuchte einfach, das Ganze zu vergessen. Warum konnte es nicht so wie früher sein? Vor dem Tag, der alles verändert hatte.

Inzwischen hatte ich längst den Wanderweg hinter mir gelassen und ging tiefer in den Wald. Dabei wurde mir immer mulmiger, denn ich fühlte mich die ganze Zeit beobachtet. Ein unangenehmes Gefühl durchfuhr mich, so als würde etwas nicht in Ordnung sein. Als würde dort zwischen den Bäumen Gefahr lauern. Aber ich konnte mich umsehen und lauschen, soviel ich wollte. Da war einfach nichts! Wahrscheinlich spielte nur meine Fantasie verrückt und ich wurde langsam paranoid. `Wenn dieses Monster in der Nähe wäre, hätte es mich längst angegriffen`, versuchte ich mich zu beruhigen. Allerdings mit wenig Erfolg.

Lautlos schlich ich durch den Wald. Ich verfolgte sie nun schon seit über einer halben Stunde. Eigentlich hatte ich überhaupt nicht damit gerechnet, dass sie wieder in den Wald kommen würde. Nachdem ich sie gestern getroffen hatte, wäre es viel wahrscheinlicher gewesen, wenn sie sich vor Angst nicht mehr aus dem Haus traute. Ja, es war tatsächlich ihr Geruch gewesen, den ich wahrgenommen hatte. Es war mir schwer gefallen, ihr nichts zu tun, aber irgendwie war es mir gelungen.

Nun streifte ich im Wald umher und folgte ihrem Duft. Immer wieder musste ich mich hinter einem Baum verstecken, damit sie mich nicht entdeckte. Entweder spürte sie meine Anwesenheit und drehte sich deshalb ständig um oder sie hatte einfach nur Angst, was ich durchaus verstehen könnte.

Es fiel mir wirklich nicht leicht, ihrem verlockenden Geruch zu widerstehen. Meine Kehle brannte und ich hatte Durst. Wie gerne hätte ich meine Zähne in ihren Hals gegraben, um zu wissen, wie ihr Blut schmeckt. Doch stopp. So etwas durfte ich nicht mal denken. Nicht bei ihr. Ich schüttelte schnell den Gedanken wieder ab.

Gerade drehte sie sich um, als suche sie nach etwas. Ich konnte ihr trauriges und ängstliches Gesicht sehen. Es brach mir fast das Herz. Wie schwer musste das für sie sein, mich nach all den Jahren plötzlich erneut zu treffen. So gerne würde ich mit ihr reden, mehr über sie erfahren und ihr sagen, dass sie vor mir keine Angst zu haben brauchte. Doch damit belog ich mich selbst. Ihre Furcht war berechtigt und daher durfte ich mich ihr nicht zeigen.

Da mein Verlangen nach ihrem Blut immer stärker wurde, beschloss ich schließlich, mich zurückzuziehen. Noch einmal schaute ich fast schon sehnsüchtig zu ihr, dann verschwand ich im Wald.

Kapitel 7 – Liebe auf den ersten Blick

Ich saß mit Jessi und Alexa in der Schulcafeteria. Wir drei waren die besten Freundinnen und hingen ständig zusammen. Gerade erzählte Jessi von ihrem Friseurbesuch gestern. Ihre ältere Schwester Ashleigh wurde heute neunzehn und zur Feier des Tages wollte Jessi ihre langen, blonden Haare zum Teil hochstecken lassen. Der Termin am vorherigen Tag war sozusagen die Generalprobe gewesen.

Ich dachte an meinen gestrigen Nachmittag. Lange war ich im Wald gewesen und hatte nach ihm Ausschau gehalten. Zum Glück war ich ihm jedoch nicht begegnet, was meine Nerven allerdings nicht ernsthaft beruhigt hatte.

Als ich aus meinen Überlegungen auftauchte und wieder zu Jessi schaute, musste ich kichern. Sie stand hinter Alexa und versuchte, deren langen, leicht gelockten, schwarzen Haare zu bändigen, um ihr ebenfalls die hübsche Hochsteckfrisur zu verpassen.

Alexa Charlston war erst vor zwei Jahren mit ihren Eltern nach Longview gezogen. Seitdem gehörte sie mit zu uns und wir verstanden uns prima. Häufig unternahmen wir etwas zusammen und Jessi und ich hatten sie schon oft besucht. Gleich als ich das erste Mal bei ihr gewesen war, hatte ich mich in ihre graue Wolfshündin Sonja verliebt. Sie war total verschmust und hielt sich selbst anscheinend für einen Schoßhund.

Alexa war die Einzige von uns, die ein Instrument spielte und auch noch Sport machte. Uns fehlte dafür das Talent.

Aber sie konnte wirklich gut Klavier spielen und war bestimmt auch in ihrem Kampfsport recht gut, dessen Namen ich mir allerdings nie merkte.

„Ach so. Ich soll euch beide noch zu der Geburtstagsparty heute Abend einladen", erklärte Jessi da gerade. Sie schaute uns an. „Ihr könnt doch, oder?", fragte sie mit einem hoffnungsvollen Strahlen.

„Klar. Das heißt, vorher muss ich meinen Truck noch aus der Werkstatt holen. Wenn ich diesen Arsch erwische, der mir den schönen dunkelblauen Lack zerkratzt hat, dann…", begann sich Alexa aufzuregen.

„He, beruhige dich", sagte ich beschwichtigend und wendete mich an Jessi. „Ich komme auch." `Ein bisschen Ablenkung wird mir guttun`, fügte ich in Gedanken hinzu.

„Super. Dann wird das ´ne richtig geile Party", freute sie sich.

Wir lachten und waren voller Vorfreude. Zumindest Alexa und Jessi.

`Aber vielleicht wird es ja wirklich toll`, überlegte ich. Auch wenn ich mit meinen Gedanken ganz woanders war.

Am Nachmittag dann holte Jessi mich von der Buchhandlung ab. Dort half ich jeden Dienstag und Freitag aus und verdiente mir nebenbei ein bisschen zum Taschengeld dazu.

„Lass uns noch schnell Blumen holen", meinte Jessi und wir machten uns auf den Weg. Als wir den Blumenladen betraten, begrüßte uns sofort Miss Stanley.

„Wir brauchen einen Strauß für Ashleigh zum Geburtstag", sagte ich und suchte einige schöne Blumen aus.

Miss Stanley nahm die, auf die ich zeigte, und band sie zu einem Strauß.

Da tippte Jessi mir auf die Schulter. „Hast du eine Ahnung, wer das ist?“, fragte sie mich flüsternd. Sie zeigte auf einen Jungen, der gerade dabei war, Blumen zu gießen. Er hatte blonde Haare und trug ein beiges T-Shirt und eine helle Jeans und sah ganz nett aus.

„Leonardo Rodriguez“, antwortete Miss Stanley, der unser Blick in seine Richtung aufgefallen war. „Er ist der Sohn meiner älteren Schwester. Und da in Mexiko gerade Ferien sind, kommt er seine Tante mal besuchen und hilft ihr“, erklärte sie schmunzelnd.

Wir drehten uns überrascht um. Von einem Neffen hatten wir nichts gewusst.

„Ihre Schwester lebt in Mexiko?“, fragte ich Miss Stanley staunend.

„Ja. Als wir damals mit unseren Eltern dort Urlaub machten, verliebte sie sich in einen jungen Mexikaner. Da sie mit zwanzig alt genug war, beschloss sie zu ihm auszuwandern. Sie waren sehr glücklich, heirateten schließlich und vor achtzehn Jahren kam dann Leon zur Welt.“

Jessi sah verträumt zu ihm.

„Wie viele Jahre ist ihre Schwester denn älter?“, führte ich das Gespräch weiter. Denn obwohl Leon ganz in Ordnung war, so toll fand ich ihn nun auch wieder nicht. Im Gegensatz zu meiner besten Freundin, die ihn die ganze Zeit anstarrte. Nein, da interessierte mich die Tatsache schon mehr, dass Miss Stanley eine Schwester mit einem praktisch erwachsenen Sohn hatte. Denn Miss Stanley war gerade mal 27 Jahre alt.

„Zwölf“, antwortete sie nun.

Ich nickte nur und drehte mich zu Jessi um.

Leon kam gerade lächelnd auf uns zu. „Hi“, grüßte er freundlich.

„Hi“, erwiderte ich.

Jessi stand wie erstarrt da, brachte kein Wort heraus und starrte ihn einfach nur strahlend an.

Ich stieß sie in die Seite.

„Äh, hi. Ich bin Jessica", stammelte sie daraufhin.

„Leonardo. Aber sag ruhig Leon", meinte er und schien überhaupt nicht zu bemerken, wie rot Jessi inzwischen geworden war. Er lächelte einfach nur und meine Freundin schien dahin zu schmelzen.

„Ich geh schon mal. Lass dir ´nen Typen wie ihn nicht entgehen!", flüsterte ich ihr zu und verließ den Laden.

Mit den Blumen in der Hand machte ich mich auf den Weg zur Party.

Nach einiger Zeit holte Jessi mich ein. „Oh, du wirst es nicht glauben! Er hat mich zu einem Eis morgen eingeladen! Leon ist echt süß. Hast du seine blauen Augen gesehen? So tiefblau wie das Meer…", erzählte sie verträumt.

Ich musste lächeln. Genauso schwärmte sie immer von Orlando Bloom. Aber ich freute mich für Jessi. Sie hatte es verdient, jemanden so nettes zu finden, wie Leonardo zu sein schien. Außerdem war sie dadurch die nächsten Tage abgelenkt und würde sicher nicht bemerken, wie durcheinander ich war. Und das war mir nur Recht. Doch jetzt war keine Zeit, um an IHN zu denken. Jetzt wurde Ashs Geburtstag gefeiert!

Als Jessi die Tür aufschloss, kam uns eine kleine, weiße Main Coon entgegen.

„Oh, ist die süß! Woher hast du die?", fragte ich überrascht und nahm das Kätzchen auf den Arm.

„Luna habe ich im Tierheim gesehen. Du weißt doch, ich mache da Praktikum. Und naja, es war Liebe auf den ersten Blick."

„Wie bei Leon?", fragte ich neckend.

Jessi wurde rot.

Da kam uns bereits Ashleigh entgegen. Ihre langen, schwarzen Haare hingen ihr offen über die Schultern. Sie trug ein knallgrünes T-Shirt, eine Jeans und leuchtend rote Schuhe. Ash liebte ausgeflippte und verrückte Kleidung und lief deshalb fast immer so farbenfroh herum. Sie war das komplette Gegenteil von Jessi.

„Hi! Schön, dass du da bist." Sie umarmte mich zur Begrüßung.

Dabei fiel mein Blick auf ihre Hände. Ash hatte ihre Fingernägel hellblau lackiert. Echt verrückt!

„Hi. Alles Gute zum Geburtstag", erwiderte ich und überreichte ihr den Blumenstrauß.

„Der ist von uns beiden", meinte Jessi und umarmte ihre Schwester. „Von mir auch noch mal alles Gute."

Während wir auf Alexa und die anderen Gäste warteten, unterhielten wir uns über die Schule, Ashleighs Geschichtsstudium, Luna - die es sich auf meinem Schoß gemütlich gemacht hatte - und einen ganz bestimmten Jungen, der im Blumenladen aushalf.

Die Party wurde richtig toll. Die Stimmung war riesig, es wurde viel gelacht und ich ließ mich von der guten Laune der anderen anstecken. Den gesamten Abend dachte ich nicht ein einziges Mal an meine unheimliche Begegnung vor zwei Tagen.

Kapitel 8 – Traurige Augen

Ich ging durch den Wald. Die Sonne schien, die Vögel sangen und alles war friedlich. Plötzlich hörte ich ein Knacken. Vorsichtig sah ich mich um, entdeckte aber niemanden. Wie aus dem Nichts sprang er auf einmal auf den Weg. Direkt vor mich. Erschrocken wich ich zurück und suchte nach einer Fluchtmöglichkeit. Vergeblich. Er knurrte mich böse an und machte sich für einen Angriff bereit.

Doch dann, von einem Augenblick auf den anderen, schienen sich seine Gesichtszüge zu verändern. Noch immer fletschte er drohend die Zähne, seine Augen jedoch wirkten… traurig. Ja, er blickte mich fast mitleidig an. Ich war verwirrt und konnte diese plötzliche Stimmungsänderung nicht einordnen. Also wollte ich etwas sagen, um herauszufinden, was es damit auf sich hatte.

Genau in diesem Moment erwachte ich. Er stand nicht vor mir und ich befand mich auch nicht im Wald, sondern lag in meinem Bett. Es war alles nur geträumt. Ähnliche Träume hatten mich schon die letzten Tage gequält. Immer wieder sah ich ihn vor mir mit diesem seltsamen Ausdruck im Gesicht.

Irgendetwas war in seinem Blick gewesen. Etwas, das ich nicht verstand. War er wirklich traurig? Nein, sicher nicht. Das bildete ich mir nur ein. Außerdem war das ein Traum und nicht die Wirklichkeit. Allerhöchstens war das Wunschdenken von mir. Trotzdem ließen mich seine enttäuschten Augen nicht mehr los.

Ich drehte mich auf die Seite und sah auf den Wecker. Samstag 8:30. Sue war also schon weg. Sie wollte mit einer alten Schulfreundin shoppen fahren und hatte dazu gegen acht Uhr das Haus verlassen wollen.

Langsam stand ich auf. Ich ging ins Bad, zog mich in Ruhe an und band mir einen Pferdeschwanz.

Als ich mir unten in der Küche ein schnelles Frühstück machte, dachte ich darüber nach, ob Vampire wohl Gefühle hatten. Da ich sowieso keine Idee hatte, was ich am Wochenende machen sollte, beschloss ich in die Buchhandlung zu fahren. Vielleicht fand ich ja da ein paar alte Bücher über die Gefühle von Vampiren. Warum ich nicht einfach ins Internet ging? Ich stand mit Technik etwas auf Kriegsfuß und suchte deshalb lieber ganz altmodisch in Büchern nach Informationen.

Also ging ich los Richtung Buchladen.

Beim Öffnen der Eingangstür erklang das Klingeln der kleinen Glöckchen, die darüber hingen. Immer, wenn ich dieses Geräusch hörte und den Laden betrat, fühlte ich mich zu Hause. Der Duft von alten Büchern umfing mich und die Ruhe ließ mich entspannt durchatmen.

„Oh. Hallo Leila! Und hat dir die Party gestern gefallen?" Eine Frau mit kurzen, welligen, blonden Haaren, einer Brille und einem hellbeigen Kleid kam mir entgegen. Natalie Bowen, die Mutter von Jessi und Ashleigh, war die Besitzerin der Buchhandlung.

„Ja, sehr", antwortete ich ihr.

„Das freut mich. Dann viel Spaß beim Schmökern." Sie lächelte mich an und drehte sich dann zu einer Kundin um.

Ich machte mich sofort auf den Weg nach hinten. Dort, in einem abgetrennten Raum, befand sich die Leseecke. In diesem

Zimmer standen außerdem sehr alte Bücher. Es waren Schätze, wie Mrs. Bowen immer sagte. Unverkäuflich. Deshalb war es eigentlich kein richtiger Buchladen, sondern vielmehr eine Bibliothek, die auch Bücher verkaufte. Aber genau deshalb liebte ich es so, hier zu sein. Diese friedliche Atmosphäre hatte für mich schon immer etwas Magisches gehabt.

Ich suchte die Regale ab und zog mich mit einigen Büchern über Vampire auf eine Bank zurück. Bis zum späten Nachmittag blieb ich dort. Ein Buch nach dem anderen blätterte ich durch und schrieb mir wichtige Dinge heraus.

So verging die Zeit. Zwischendurch aß ich eine Schnitte und trank Wasser. Beides hatte ich zu Hause noch eilig in meinen Rucksack gepackt. Als ich jetzt auf die Uhr sah, bemerkte ich erst, wie spät es schon war. Ich räumte die Bücher eilig in die Regale zurück und verabschiedete mich von Mrs. Bowen.

Zu Hause wartete bereits Sue.

„Und hast du etwas Schönes gefunden?", fragte ich neugierig.

Meine Tante kramte in einer der Tüten und zog ein Kleid heraus. Es war ecru und knöchellang. Von den Hüften an wurde es weiter und lag in Falten. Außerdem war es trägerlos.

„Wow! Das sieht ja toll aus! Aber seit wann trägst du Kleider?", wunderte ich mich.

Sue schmunzelte. „Es ist nicht für mich. Es ist für dich. Ich dachte mir, es könnte dir gefallen."

„Für mich? Oh, Sue. Danke! Das ist einfach…. Wow!" Ich fiel ihr überglücklich um den Hals.

„Probier´s an. Wenn es nicht passt, fahre ich nächste Woche los und tausche es um", meinte sie.

Ich schnappte mir sofort das Kleid und rannte nach oben. Schnell zog ich es an und stellte mich prüfend vor den Spiegel.

Es war traumhaft und sah irgendwie aus wie aus dem 19. Jahrhundert. Und auf genau so etwas alt und zugleich edel Wirkendes stand ich.

Sue klopfte an und kam herein. „Du siehst toll aus", sagte sie, als sie mich sah.

Bewundernd strich ich über den weichen Stoff und wollte das Kleid am liebsten anbehalten.

Später zog ich es dann doch wieder aus und hängte es in den Schrank. Wann sollte ich so etwas Schönes tragen?

Da bis zum Abendessen noch lange Zeit war, setzte ich mich an den Schreibtisch. Ich nahm den Block aus meinem Rucksack und begann die Notizen noch einmal durchzulesen.

Oft waren Vampire als seelenlos, grausam und machtgierig beschrieben. Doch was stimmte alles? Hatte dieses Wesen da draußen wirklich keine Seele? Damals hätte ich mit hundertprozentiger Sicherheit zugestimmt, aber heute hatte ich Zweifel.

Ich schaute aus dem Fenster in den Wald. Dabei musste ich wieder an den Traum denken. An diese traurigen Augen. Doch, dieser Vampir hatte eine Seele. Ja, er war gefährlich, das wollte ich gar nicht abstreiten. Aber er war nicht so grausam, wie sie in den Büchern beschrieben worden waren.

Kapitel 9 – Ein neuer Lehrer

Es war Montag und ich saß im Kunstraum. Das restliche Wochenende über hatte ich versucht, meine Erinnerung an die Begegnungen mit dem Vampir und die Aufzeichnungen aus den Büchern übereinzubringen. Jedoch ohne wirklichen Erfolg. Es passte einfach nicht zusammen.

Gerade unterhielt ich mich mit Kat. Sie hieß eigentlich Katlin Bates und gehörte ebenfalls zu unserer kleinen Clique. Wir saßen nebeneinander, da weder Jessi noch Alexa den Kunstkurs belegt hatten.

Katlin hatte schulterlange, braune Locken. Ihre grünen Augen strahlten immer hinter ihrer roten Brille. Sie konnte recht gut zeichnen und war echt nett, manchmal allerdings auch etwas ausgeflippt.

„Mal sehen, wie der neue Lehrer ist", sagte Kat nachdenklich.

Unsere bisherige Kunstlehrerin war in Schwangerschaftsurlaub gegangen.

„Woher weißt du, dass es ein Lehrer ist und keine Lehrerin?", wunderte ich mich.

„Tja, ich habe so meine Quellen." Sie sah mich verschwörerisch an. „Ich weiß sogar noch mehr. Er heißt Logan Bradley, ist 30 Jahre und erst vor einem Monat hergezogen. Seine Mutter hat hier gewohnt. Als sie vor einem halben Jahr starb, erbte er das Haus. Ein Glücksfall für ihn, dass er gleich eine Stelle als Kunstlehrer bekommt."

Überrascht schaute ich Kat an. „Du findest alles raus und meist sogar als Erste, oder?“, fragte ich schmunzelnd.

Sie lächelte. „Wie gesagt. Ich habe meine Quellen.“

Da betrat auch schon ein Mann den Raum. Er hatte halblange, blonde Haare, die er zu einem Pferdeschwanz gebunden hatte.

Die gesamte Klasse sah ihn erstaunt an. So hatte ihn sich anscheinend niemand vorgestellt.

„Hallo. Mein Name ist Mr. Bradley. Ich arbeite ab jetzt an dieser Schule und unterrichte Kunst und Biologie.“ Er stellte seine Tasche am Lehrertisch ab. „Ich hoffe, wir werden gut miteinander klarkommen.“

Die ganze Stunde über erzählten wir. Einer nach dem Anderen stellte sich vor. Mr. Bradley war wirklich lustig und lachte viel.

„Ich glaube, wir werden in Kunst viel Spaß haben“, sagte ich.

Auch Katlin fand ihn nett.

Auf dem Weg zur Cafeteria kicherten wir noch immer.

„He, was ist denn mit euch los? War Kunst so lustig?“ Jessi kam uns entgegen und sah uns fragend an.

„Und wie. Mr. Bradley hat echt Humor“, meinte Kat mit einem Grinsen.

„Wer hat Humor?“, fragte da eine weitere Stimme.

Wir waren inzwischen an unserem Stammtisch angelangt, wo Alexa bereits wartete. Sie hatte nur die Hälfte mitbekommen und schaute nun einen nach dem anderen interessiert an.

„Mr. Bradley, der neue Kunstlehrer“, erklärte ich ihr deshalb.

„Ach so“, meinte sie nur.

„Wisst ihr was? Ich hab Hunger“, ertönte es da neben mir.

Wir sahen uns überrascht an.

„Was? Ist so", sagte Jessi voller Ernst.

Wir drei lachten. So war sie eben. Egal, ob wir uns gerade unterhielten oder auch mitten in der Stunde, Jessi platzte einfach mit ihrem `Ich hab Hunger.` rein. Doch sie konnte auch wirklich so viel essen, wie sie wollte. Jessi behielt einfach eine tolle Figur, worum wir sie beneideten.

„Dann lasst uns was holen. Bevor Jessi noch verhungert", sagte Alexa leicht spöttisch.

„Um nochmal auf Kunst zurück zu kommen", meinte Katlin und nahm damit unser vorheriges Gespräch wieder auf. „Ich finde ihn irgendwie süß."

„Lass das nur nicht Janik hören", entgegnete ich. „Aber ist eh zu spät", bemerkte ich dann.

„Wieso?" Fragend drehte Kat sich um.

Janik stand hinter ihr. Er hatte dunkle, fast schwarze Augen. Seine braunen, halblangen Haare waren wie meistens nach oben gegelt. Irgendwie war er cool und ähnlich verrückt wie Kat. Die Beiden waren inzwischen seit einem Jahr zusammen und passten zueinander. Ein richtiges Traumpaar sozusagen.

Janik legte seinen Arm um Kat und küsste sie. „Muss ich mir Sorgen machen?", fragte er schmunzelnd.

Doch Katlin schüttelte den Kopf. „Niemals. Ich steh nicht auf so alte Typen", erklärte sie entschieden.

„Könnt ihr nicht mal aufhören, nur von dem zu erzählen?"

Alle drehten sich zu Jessi um.

„Warum?", fragte Alexa verwundert.

„Weil ich euch auch gerne mal was erzählen würde. Also, ihr wisst doch, dass ich Samstag mit Leon verabredet war. Wir waren Eis essen und sind danach noch etwas spazieren gegangen. Und dabei hat er meine Hand genommen! Ihr glaubt nicht, wie süß er ist...." Jessi schwärmte die gesamte Pause nur von Leonardo.

Katlin und Janik saßen eng nebeneinander und lächelten sich ab und zu an, weil sie daran dachten, wie damals bei ihnen alles begonnen hatte. Alexa hörte einfach nur zu und grinste dabei. Auch ich freute mich für Jessi und gab mir wirklich Mühe, alles mitzubekommen.

Aber noch immer musste ich an den Traum denken. An diese mitleidigen Augen des Vampirs.

Kapitel 10 – Eine unerwartete Entschuldigung

Es war inzwischen Nachmittag und ich stand in meinem Zimmer vor dem Fenster. Die Sonne lugte zwischen den Wolken hervor und ich beobachtete das beruhigende Lichtspiel auf den Blättern.

Eigentlich musste ich Physik lernen, weil wir morgen einen Test schreiben wollten, doch ich hatte keine Lust. Lieber genoss ich nach den nervenaufreibenden, letzten Tagen die friedliche Stille.

Während ich so da stand, bemerkte ich plötzlich eine Bewegung am Waldrand. Neugierig kniff ich die Augen zusammen, um besser sehen zu können. Da war irgendetwas, aber ich konnte nicht erkennen, was. Also ging ich näher ans Fenster.

Tatsächlich. Dort stand ein Mensch hinter dem Baum und schien sich zu verstecken. Als er einen Schritt vortrat, erkannte ich, wer es war. Seine große, schlanke Gestalt und die schleichenden, katzenhaften Bewegungen verrieten es mir. Kein Zweifel, das dort war kein Mensch. Es war der Vampir.

Ich schrie erschrocken auf und sprang einen Schritt zurück. Was wollte er hier? Wie hatte er mich überhaupt gefunden?

Vorsichtig trat ich wieder ein Stück vor, um ihn zu beobachten. Hier im Haus fühlte ich mich relativ sicher und außerdem war ich neugierig, was er vorhatte.

In der Zwischenzeit war er an einem Busch auf der Wiese stehen geblieben und schaute Richtung Haus.

`Ob er gekommen war, um mich doch zu töten?`, überlegte ich und versicherte mich in Gedanken, dass die Terrassentür und sämtliche Fenster im Erdgeschoss verschlossen waren.

Da hob er auf einmal den Kopf und sah direkt zu meinem Fenster hoch. Vermutlich hatte er meine Bewegung wahrgenommen und war dadurch auf mich aufmerksam geworden.

Aber ich wollte mich einfach nur verstecken. Jedoch konnte ich meinen Blick nicht von ihm lösen. Irgendetwas an ihm schien mich zu fesseln und ich blieb regungslos stehen. Erst jetzt fiel mir auf, dass er überhaupt nicht aggressiv wirkte. Da waren kein Zähnefletschen, keine Angriffshaltung – nichts, was irgendwie bedrohlich war. Abgesehen von seinen roten Augen, die ich im Moment jedoch durch die weite Entfernung nicht genau erkennen konnte.

Er blickte mich eine Weile lang an, und dann war da plötzlich dieser Ausdruck auf seinem Gesicht. Der gleiche Ausdruck, wie in meinem Traum. Mit hängenden Schultern, leicht gesenktem Kopf und unendlich enttäuschten Augen stand der Vampir da.

Doch bevor ich darüber nachdenken konnte, was der Grund dafür war, drehte er sich um. Mit schnellen Schritten rannte er über die Wiese. Am Waldrand blieb er stehen und schaute noch einmal zu mir hoch. Er öffnete den Mund, wie um etwas zu sagen, doch natürlich konnte ich ihn durch das Fenster nicht hören.

Deshalb versuchte ich von seinen Lippen abzulesen. Er sagte nur vier Worte, bevor er sich umwandte und zwischen den Bäumen verschwand: Es tut mir leid.

Ich schaute ihm noch lange nach und konnte es nicht glauben. Hatte er sich wirklich gerade bei mir entschuldigt? Doch wofür? Dass er meine Eltern umgebracht hatte? Ich war so überrascht, dass ich mich erst einmal hinsetzen musste. Nachdenklich, den Blick noch immer auf den Wald gerichtet, ließ ich mich auf die Fensterbank fallen. War das tatsächlich passiert?

Ich wusste nicht, wie lange ich da saß und nach draußen starrte. Meine Gedanken kreisten um den Traum am Wochenende und diese seltsame Begegnung von vorhin. Vielleicht war der Traum eine Art Vorahnung gewesen.

Doch selbst wenn ich Recht hatte und dieser Vampir eine Seele und Gefühle besaß, konnte er tatsächlich Mitleid empfinden? Bereute er seine Tat?

In diesem Moment holte mich Sue aus meinen Überlegungen.

„Leila, bin wieder da!" rief sie von unten.

Widerwillig schob ich meine Gedanken beiseite und lief die Treppe hinunter, um meine Tante zu begrüßen.

Während Sue Abendessen machte und ich ihr half, beschloss ich, mit ihr über meine Vermutungen zu reden. Vielleicht konnte sie mir ja helfen, meine wirren Gedanken ein klein wenig zu ordnen. Vorsichtig begann ich: „Sag mal, glaubst du, Vampire haben Gefühle?"

Sue sah mich überrascht an. Mit solch einer seltsamen Frage hatte sie nicht gerechnet. „Wie kommst du darauf?", wollte sie skeptisch wissen.

„Naja…. Ich hatte so einen komischen Traum und vorhin…." Stockend erzählte ich ihr, was passiert war und beschrieb dabei alles so detailreich wie möglich.

Meine Tante wirkte schockiert. „Ich weiß, du würdest ihn überall wiedererkennen, aber bist du dir wirklich sicher, dass er es war?", hakte sie nach.

Doch ich nickte. „Wer soll es denn sonst gewesen sein? Nein, ich bin mir absolut sicher“, entgegnete ich.

„Nun ja. Ich weiß nicht.“ Sie sah mich zweifelnd an. „Es muss ja einen Grund dafür geben, dass er dir nichts tut. Darüber habe ich auch schon nachgedacht. Auf solche Ideen wäre ich allerdings nie gekommen. Aber möglich wäre es schon. Ich meine, vielleicht hat er Mitgefühl mit dir. Vielleicht will er aber auch nur, dass du das denkst. Damit er dich leichter…. Also….“ Sue kam ins Stocken.

Doch ich wusste, was sie sagen wollte. „Töten kann“, beendete ich ihren Satz resigniert. Sie hatte leider Recht. Vermutlich wollte er mich einfach nur täuschen und in Sicherheit wiegen.

Den gesamten Abend waren wir sehr still und jeder schien in seine eigenen Gedanken versunken. In der Nacht konnte ich kaum schlafen und lag die meiste Zeit wach im Bett. Wenn ich dann doch mal wegdöste, quälten mich Albträume. Aber auch die Frage, ob er ein „guter“ Vampir war, ging mir nicht mehr aus dem Kopf.

Kapitel 11 – Jared

Die Tage schienen an mir vorbeizuziehen. Sue war sehr beunruhigt, nachdem ich ihr erzählt hatte, dass der Vampir an unserem Haus gewesen war. Sie machte sich schreckliche Sorgen um mich. Das konnte ich gut verstehen, schließlich hatte dieses Monster ihren Bruder und ihre Schwägerin umgebracht.

Okay, auch ich hatte Angst. Doch ich war mir sicher, seine Entschuldigung war ernst gemeint. Ich war zu dem Schluss gekommen, dass er mich längst gebissen hätte, wenn er mir etwas antun wollte. Nur den Grund, warum er mich verschonte und Reue empfand, kannte ich bisher nicht.

Genau deshalb hatte ich mir vorgenommen, heute in den Wald zu gehen.

Nein, nicht um ihn zu fragen, warum er das alles getan hatte. So lebensmüde war ich nicht. Aber vielleicht hätte ich dort meine Ruhe und könnte etwas nachdenken. Das hieß, sollte der Vampir verschwunden sein und mich nicht doch plötzlich angreifen.

Denn zu Hause machte mich Sue mit ihrer Angst fertig und in der Schule hatte immer irgendjemand etwas Wichtiges zu berichten. Ich hatte einfach keine Zeit, endlich mal meine Gedanken zu ordnen.

In den letzten Tagen hatte ich eine Liste angefertigt, mit jeder Begegnung mit dem Vampir, allem, was ich in der Bibliothek herausgefunden hatte und natürlich meinen Gedanken und Vermutungen. Ich weiß nicht, wie oft ich diese Notizen schon durchgelesen hatte. Aber irgendwie ergab das alles noch keinen Sinn. Vielleicht fand ich im Wald ein paar Antworten.

Gerade wollte ich das Haus verlassen, da klingelte mein Handy. Als ich auf das Display sah, musste ich lächeln. Jessica. Ich erinnerte mich, dass sie erzählt hatte, dass Leon und sie Freitag ins Kino wollten. Wahrscheinlich hatte er sie einfach angelächelt und das musste sie mir heute dringend erzählen. Aber das war ok. Jessi war meine beste Freundin und nun mal total verknallt. Wahrscheinlich würde ich mich an ihrer Stelle genauso verhalten.

Also drückte ich auf `Anruf annehmen`. „Hi Jessi. Was gibt´s denn?", fragte ich gut gelaunt.

„Du wirst kaum glauben, was gestern passiert ist. Also wir waren doch im Kino. Dieser neue Fantasy Film. War übrigens echt spannend. Ja, und in einer total romantischen Szene, da hat Leon meine Hand genommen, sich zu mir gebeugt und dann…." Sie seufzte träumerisch.

„Was dann?", hakte ich nun doch neugierig nach.

„Dann hat er mich geküsst! Oh, es war so toll!" meinte Jessica begeistert und seufzte wieder.

„He", unterbrach ich sie. „Wie wär´s, wenn wir heute Nachmittag ein Eis essen gehen und du mir alles erzählst. Ich will jede Einzelheit ganz genau wissen", schlug ich vor. Es interessierte mich wirklich und ich konnte ihre Freude verstehen. Aber ich wollte jetzt erst mal in den Wald und meinen Kopf frei bekommen. Vorher würde ich sowieso nicht viel mitbekommen von dem, was sie erzählte.

Jessi schien mit dem Vorschlag einverstanden zu sein. „Ja, gute Idee. Treffen wir uns halb drei?"

„Ok. Bis dann", stimmte ich zu.

„Ja, ciao."

`Hoffentlich hält das zwischen ihr und Leonardo auch noch, wenn er wieder in Mexico ist`, überlegte ich. Sie hatte es verdient und außerdem würde es ihr andernfalls wahrscheinlich das Herz brechen.

Doch ich dachte nicht wirklich lange über die beiden nach, denn meine Gedanken wanderten schnell wieder zu meinem eigentlichen Problem: dem Vampir. Ehrlich gesagt hatte ich echt Angst davor, allein in den Wald zu gehen. Was, wenn ich ihn wieder traf? Aber ich glaubte im Gegensatz zu Tante Sue nicht mehr, dass er mir wirklich etwas antun wollte. Um jedoch genauer nachdenken zu können, bräuchte ich Ruhe und etwas Abstand.

Mir war klar, dass Sue sich nur Sorgen machen und mich wahrscheinlich sogar aufhalten würde, wenn sie wüsste, dass ich in den Wald wollte. Also sagte ich ihr nur, dass ich rausging. Wohin, das behielt ich für mich. Und sie fragte zum Glück auch nicht weiter nach.

Als ich endlich am Waldrand war, atmete ich tief durch. Eigentlich war alles wie früher. Die Vögel sangen, das Wetter war schön und ich konnte den Frieden hier genießen. Schon lange hatte ich mich nicht mehr so wohl im Wald gefühlt. Ich suchte mir einen umgefallenen Baumstamm, um mich hinzusetzen und nachzudenken. Dabei schaute ich mich um.

Ganz in der Nähe stand das Kreuz meiner Eltern. Doch was war das? Ich stand auf, um es mir genauer anzuschauen. Ja, tatsächlich hatte da jemand meinen inzwischen welken Strauß aus der Vase genommen. An seiner Stelle jedoch steckten nun blühende Waldblumen und die Vase war mit frischem Wasser gefüllt. Ich schüttelte zweifelnd den Kopf. Wer sollte das gewesen sein? In all den Jahren war nie jemand hier am Kreuz gewesen und außerdem wären es dann gekaufte Blumen.

Doch während ich so da stand, spürte ich, wie jemand oder etwas hinter mir auftauchte. Langsam drehte ich mich um. Und erschrak augenblicklich

Es war er, der Vampir.

Diesmal jedoch knurrte er nicht. Überhaupt zeigte er keinerlei Aggression – ähnlich wie vor ein paar Wochen auf der Wiese. Hieß das, ich lag mit meiner Vermutung richtig und er war gar nicht so böse?

„Die Blumen sind von mir. Tut mir leid, was damals passiert ist. Ich wünschte, ich könnte es rückgängig machen", erklärte er auf einmal.

„Das glaube ich dir nicht!", entgegnete ich ihm wütend. Entsetzt hielt ich mir die Hand vor den Mund. Das hatte ich jetzt nicht wirklich laut gesagt, oder? Oh nein. Ich hatte gerade einem Vampir gekontert und dabei hatte er ehrlich geklungen. Mir wurde bewusst, dass ich ihn außerdem zum ersten Mal sprechen gehört hatte. Dabei stellte ich fest, dass seine Stimme sogar freundlich klang. Sie war angenehm tief und strahlte eine Wärme aus, die ich von einem Wesen wie ihm niemals erwartet hätte.

Nun schaute ich ihn ängstlich an. Hoffentlich hatte ich ihn nicht zu sehr provoziert und mit meiner Äußerung wütend gemacht. Wenn er mich jetzt angriff, war ich selbst Schuld.

Jedoch sah er eher traurig aus. „Ich kann dich verstehen", sagte er mitfühlend. „Das Schlimme ist, ich kann dir nicht einmal versprechen, dass dir nichts passiert. Es stimmt, ich bin ein Monster. Aber eines, das seine Taten bereut. Ich will dich nicht verletzen und ich wollte auch nicht deine Eltern töten. Es tut mir leid", meinte er nochmal mit belegter Stimme. Seine Augen drückten ernstes Bedauern aus und sagten mehr, als es tausend Worte gekonnt hätten.

Oh Mann! Irgendwie tat mir dieser Vampir leid. Wie er so da stand, würde ich ihn am liebsten tröstend in den Arm nehmen. Aber dazu fehlte mir dann doch der Mut und mein Verstand hielt mich davon ab.

Wahrscheinlich musste er sich total zusammennehmen, um so ruhig zu bleiben und sich zu entschuldigen. Und ich hatte nichts Besseres zu tun, als so abweisend zu reagieren. Warum sollte ich die Entschuldigung nicht annehmen? Verzeihen würde ich ihm wohl nie können. Aber so wäre sein schlechtes Gewissen - was er auf jeden Fall hatte - wenigstens etwas erleichtert. Ich wollte gerade etwas sagen, da bemerkte ich, dass er sich bereits abgewandt hatte und gehen wollte.

„He, warte!“, rief ich ihm hinterher.

Er drehte sich um und sah mich abwartend an.

„Ich…Ich nehme deine Entschuldigung an“, sagte ich stockend. Mir fiel es irgendwie schwer, mit ihm zu sprechen. In mir tobte ein Gefühlschaos. Einerseits hatte ich Mitleid mit ihm, aber andererseits musste ich an die Bestie in ihm denken.

Er lächelte flüchtig, schien erleichtert zu sein und wollte gehen.

Doch ich hielt ihn ein zweites Mal auf. Eigentlich wusste ich gar nicht, warum ich ihn das fragte. Es war aus einem Gefühl heraus. „Wie heißt du?“

Überrascht sah er mich an. „Warum willst du das wissen? Um den Namen des Mörders deiner Eltern der Polizei zu nennen? Die können nichts machen. Ich bin ein Vampir. Unsterblich“, antwortete er sarkastisch.

„Ich will es trotzdem wissen. Ich verrate dir auch meinen Namen“, antwortete ich daraufhin entschieden.

„Den weiß ich bereits: Leila“, erwiderte er grinsend. Als ich ihn erstaunt ansah, lächelte er noch breiter. „Ich habe das Telefongespräch mit deiner Tante mitgehört. Vampire haben bessere Ohren als Menschen. Deshalb konnte ich verstehen, was sie sagte und dabei nannte sie auch deinen Namen." Bei den letzten Sätzen klang er erneut bedrückt.

Doch bevor ich ihn fragen konnte, warum, lief er los. „He! Wie heißt du nun?!", schrie ich.

Er hielt kurz inne. „Jared." Und damit war er im Wald verschwunden.

Ich schaute ihm noch nach. „Jared", flüsterte ich und lief langsam und noch völlig in Gedanken heim.

Kapitel 12 – Schmetterlinge im Bauch

Seit einer guten Stunde saß ich mit Jessi im Eiscafé. Sie hatte fast pausenlos nur von gestern Abend erzählt. Gerade war sie durch das Klingeln ihres Handys unterbrochen worden. Als Jessi nachsah, wer anrief, begann sie zu strahlen.

„Leon?", fragte ich mit einem Grinsen, woraufhin sie mit leuchtenden Augen nickte. Ich ließ sie in Ruhe telefonieren und bezahlte währenddessen.

Kaum dass Jessi aufgelegt hatte, schnappte sie sich schon ihre Tasche. „Sorry. Aber ich muss los. Wir wollen uns bei ihm treffen. Er möchte mir einige seiner selbstgedichteten Lieder auf der Gitarre vorspielen", entschuldigte sie sich.

Ich konnte ihr ansehen, wie sehr sie sich freute. „Dann, viel Spaß", sagte ich. „Ruf mich heute Abend an und erzähl mir alles."

„Keine Sorge. Das werde ich bestimmt", antwortete Jessi. „Also ciao."

„Ja ciao", verabschiedete ich mich und schon lief meine beste Freundin mit schnellen Schritten los.

Auch ich stand auf und beschloss, noch etwas durch die Stadt zu gehen. Während ich über Jessi und ihren Freund nachdachte, wanderten meine Gedanken langsam zu jemand anderem: Jared.

Nun, da ich nach zehn Jahren endlich einen Namen zu seinem Gesicht hatte, seine ruhige Stimme kannte und wusste, dass er gar nicht so grausam war, sah ich ihn mit anderen Augen. Eigentlich sah er gar nicht schlecht aus. Wenn er sich nicht so raubtierhaft benahm, wirkte er richtig nett – fast schon süß.

`Moment`, unterbrach ich mich selbst. `Du schwärmst jetzt nicht wirklich von einem Vampir, oder?` Doch, das tat ich wohl. Und irgendwie spürte ich bei dem Gedanken an Jared ein Kribbeln im Bauch. Ich rief mir gedanklich ein Bild von ihm vor Augen. Wie er mich vorhin angeschaut hatte. Teilweise war sein Blick fast liebevoll gewesen. Oder hatte ich mir das nur eingebildet?

Da wurden meine Gedanken plötzlich unterbrochen.

„Hi!"

Ich drehte mich um.

Katlin kam auf ihren Inlinern angerast und winkte mir zu. Dabei achtete sie nicht mehr auf den Weg und fuhr mit vollem Tempo vor eine Laterne.

„Au!" Sie saß vor der Straßenlaterne und rieb sich den Kopf.

Janik, der kurz hinter Kat gewesen war, blieb neben ihr stehen. „Alles ok?", fragte er unter Lachen.

Auch ich konnte mir ein Kichern nicht verkneifen. Kat sah echt lustig aus.

Janik und ich halfen ihr wieder auf die Beine. Inzwischen musste auch sie lachen.

„Was machst du gerade?", fragte mich Janik schließlich, nachdem wir uns wieder beruhigt hatten.

„Jessi und ich waren im Café", antwortete ich.

„Ach, hat sie dir auch von ihrem Kuss mit Leon erzählt?", fragte Katlin grinsend.

„Klar", antwortete ich schmunzelnd.

Während wir langsam weiter liefen beziehungsweise fuhren, unterhielten wir uns über Jessi und Leonardo.

Irgendwann wechselte Janik das Thema. „Sag mal, hättest du eigentlich gerne einen Hund?“, sagte er an mich gewandt.

„Ja… Schon… Wieso fragst du?“, wollte ich wissen.

„Naja, Jana hat doch vor zwei Monaten Welpen bekommen.“

Daran erinnerte ich mich noch gut. Wir waren damals alle bei Janik gewesen, um die Kleinen zu bestaunen. Jana war Janiks vierjährige Golden Retriever Hündin. Sie war total lieb und hatte sich von uns allen knuddeln lassen.

„Wir können unmöglich alle fünf behalten. Deshalb suche ich jetzt ein paar nette Besitzer. Wenigsten darf Roy bei mir bleiben“, erklärte er glücklich.

Roy war der Kleinste der Welpen. Bei der Geburt hatte es richtig schlecht ausgesehen, ob er durchkommt. Aber inzwischen war er putzmunter und ein richtiger kleiner Chaot. Roy bekam einfach alles kaputt. Aber Janik hatte ihn nach den Startschwierigkeiten ins Herz geschlossen und wollte ihn nicht mehr hergeben.

„Und da hast du an mich gedacht?“, fragte ich etwas erstaunt.

„Ja. Warum nicht?“, meinte Janik.

„Ich will auch schon mit meinen Eltern reden“, warf Katlin ein.

„Also, was ist?“, fragte Janik wieder.

„Ich muss erst mit meiner Tante sprechen, aber ich denke, sie wird nichts dagegen haben“, erklärte ich.

„Super, dann haben zwei Welpen bald ein neues Zuhause. Brauche ich nur noch für die anderen beiden jemanden“, freute sich Janik.

„Die Kleinen sind aber auch wirklich süß“, schwärmte Kat. „Charles kann ich einfach nicht widerstehen.“

„Du hast dir schon einen ausgesucht und ihm einen Namen gegeben?", fragte ich leicht überrascht. „Du weißt doch noch gar nicht, ob du einen haben darfst."

„Ach. Irgendwie überrede ich meine Eltern schon", entgegnete sie überzeugt.

So schwärmten wir von den Welpen, bis es schließlich für uns alle Zeit war, nach Hause zu gehen.

„Also, wir sehen uns Montag", sagte Katlin zum Abschied.

„Und frag, ob du darfst", erinnerte mich Janik noch.

„Mach ich. Bis Montag!", rief ich ihnen hinterher.

Als ich an unserem Haus ankam, fuhr Sue gerade mit ihrem Auto in die Garage.

Ich nutzte die Gelegenheit, mit ihr zu reden und folgte ihr. Nachdem meine Tante ausgestiegen war, fragte ich sie, was sie von der Idee hielt, sich einen Hund anzuschaffen.

Da das Haus groß war, die Wiese dahinter als Auslauf genügte und Sue sowieso Tiere mochte, stimmte sie zu. Nächste Woche würden wir uns einen Welpen aus Janas Wurf aussuchen. Ich freute mich schon riesig darauf.

Wenig später saß ich in meinem Zimmer und versuchte den Englischaufsatz anzufangen. Zwar war der erst zu nächstem Monat fällig, aber bisher hatte ich noch nicht einmal eine Idee, worüber ich schreiben sollte.

Ich wendete meinen Blick auf das fast leere Blatt auf dem Schreibtisch. Es stand nur ein mit Kringeln verziertes Wort darauf: Jared. Irgendwie wanderten meine Gedanken ständig zu ihm. Also würde ich den Aufsatz verschieben. Zum Glück hatte ich ja noch Zeit.

Ich dachte an der Stelle weiter, wo Kat mich heute Nachmittag abgelenkt hatte. Nein, ich hatte mich bestimmt nicht getäuscht. Aus irgendeinem Grund mochte Jared mich. `Wahrscheinlich weil er dich zum Beißen gern hat`, dachte ich ironisch. Doch wenn ich den wahren Grund erfahren wollte, müsste ich ihn fragen.

Ob er als Vampir mit mir als Mensch über so etwas reden würde? Ob für ein längeres Gespräch seine Selbstbeherrschung überhaupt ausreichen würde?

Egal, mir blieb nichts anderes übrig, als es zu versuchen. Gleich morgen Früh würde ich in den Wald gehen und Jared suchen. Wenn ich Glück hatte, würde er meine Fragen beantworten. Angst, dass er mich angriff, hatte ich eigentlich nicht. Er war vielleicht gefährlich, aber kein Monster und er wollte mir ganz sicher nichts tun.

Hoffentlich erfuhr ich morgen endlich, was mich schon so lange beschäftigte: Warum er mich bereits damals verschont hatte.

Kapitel 13 – Begegnung im Wald

Ich stand im Wald, hatte jedoch keine Ahnung, wie ich hierher kam. Doch das interessierte mich auch nicht weiter. Es herrschte eine friedliche Stille und der Wind wehte sacht. Aber das Wichtigste für mich war, dass Jared vor mir stand und mich freundlich ansah. Tatsächlich schien ich ihn irgendwie gefunden zu haben.

Ich ging ein paar Schritte auf ihn zu und wollte gerade etwas sagen, als sich sein Gesichtsausdruck plötzlich änderte. Das nette Lächeln verschwand und stattdessen begannen seine Augen rot zu glühen. Er riss den Mund auf, sodass ich seine spitzen Zähne sehen konnte. Ohne Vorwarnung griff er mich an und sprang mit einem Satz auf mich zu.

Ich wollte schreien und wegrennen, doch es war bereits zu spät und ich spürte seine Zähne an meinem Hals.

Mit einem leisen Schrei erwachte ich. Puh, das war wieder nur ein schrecklicher Traum gewesen. Erleichtert atmete ich auf. `Ob es eine Art Warnung sein sollte?`, überlegte ich, schüttelte den Gedanken allerdings ab. Bestimmt hatte nur meine Fantasie verrückt gespielt.

Ich schaute auf den Wecker. Erst sieben Uhr. Sue lag sicherlich noch im Bett und schlief. Aber ich war jetzt munter und könnte nach diesem Albtraum bestimmt nicht mehr einschlafen.

Also machte ich mich fertig und ging frühstücken. Anschließend legte ich meiner Tante einen Zettel hin:

Sie könnte sich sicherlich denken, wo ich hin wollte. Doch wenn nicht, so wollte ich ihr nicht unnötig Kummer bereiten. Sue sollte sich keine Sorgen um mich machen müssen. Daher hoffte ich, sie würde mich mal wieder in der Bücherei vermuten und nicht im Wald.

Eilig griff ich nach dem Schlüssel und machte mich auf den Weg.

Ich war wahnsinnig aufgeregt und mein Herz schlug wie wild. Was, wenn der Vampir mich doch angriff? Würde er überhaupt mit mir reden wollen? Mein Vorhaben war riskant und nach dem Traum war ich erst recht beunruhigt. Aber Jared war der Einzige, der die Antworten auf meine Fragen kannte. Außerdem wollte ich ihn unbedingt wiedersehen.

Ich lief immer tiefer in den Wald und hatte das Holzkreuz schon längst hinter mir gelassen. Aufmerksam beobachtete ich, ob sich irgendwo etwas bewegte. Leider entdeckte ich nirgends eine Spur von einem Vampir.

Nur ein paar Vögel, die fröhlich sangen, ein Eichhörnchen, ein Hase, der über den Weg hoppelte und in der Ferne eine Herde Rehe, die grasten. Alles war friedlich und das Grün der Bäume wirkte beruhigend.

Ich fragte mich, wo Jared steckte. Eigentlich müsste ich ihn doch bald finden. `Oder war er etwa nicht mehr hier?`, überlegte ich traurig. Kurzerhand beschloss ich, nach ihm zu rufen. „Jared! Wo bist du?!" Dabei lief ich langsam weiter und rief immer wieder nach ihm.

Ich machte gerade einen Spaziergang an einem kleinen Bach entlang, als plötzlich....
„Jared! Wo bist du?!"

Mehrmals hörte ich das Mädchen und erkannte schließlich ihre Stimme. Es war eindeutig Leila und sie rief nach mir.

Ich spürte, wie in mir der Blutdurst aufkam, doch ich unterdrückte ihn. Denn gleichzeitig fühlte ich noch etwas anderes. Es war, als ob mich eine Wärme durchströmte. Leila weckte Erinnerungen in mir. Schöne, aber auch welche, die ich vergessen wollte. Und das machte mich traurig.

Überhaupt wirbelten unzählige Gefühle in mir herum: Mitleid, Wärme, Trauer, Wut auf mich selbst, Liebe. Ich konnte sie einfach nicht ordnen. Nur eines stand fest: Egal wie schwer es mir fiel und wie viel Selbstbeherrschung ich bräuchte, Leilas Blut war für mich tabu.

`Du musst das schaffen`, sagte ich zu mir. Leila rief nach mir und ich würde kommen. Schließlich war ich nicht total ausgehungert. Erst vorgestern hatte ich gejagt, also war das Risiko nicht allzu groß. Kurzentschlossen rannte ich los.

Zuerst folgte ich nur ihrer Stimme, doch schon bald erfasste ich ihren Geruch. `Okay, jetzt nur nicht durchdrehen`, dachte ich. `Du bist nicht auf Jagd.`

Endlich sah ich sie. Leila ging den Weg entlang, rief meinen Namen und sah sich dabei suchend um.

Leicht lächelnd stellte ich fest, wie hübsch sie doch war. Ob Elena heute wohl genauso aussehen würde? Ich spürte einen Kloß im Hals und verwarf diese Überlegung. Nein, daran durfte ich nicht denken. Sie war nicht Elena sondern Leila - das Mädchen, dessen Eltern ich auf dem Gewissen hatte.

Langsam trat ich aus dem Schatten der Bäume hinter ihr auf den Weg. „Warum rufst du nach mir?", fragte ich so ruhig wie möglich.

Trotzdem drehte sich Leila erschrocken um. „Ich, ähm... Also ich...", stammelte sie verwirrt. Als sie sich wieder gesammelt hatte, atmete sie tief durch. „Ich wollte mit dir reden."

Obwohl sie sich bemühte, ruhig zu wirken, konnte ich ihr die Nervosität ansehen. Wie schwer musste es für sie sein, einem Mörder gegenüber zu treten.

Ich fragte mich, warum Leila das tat. „Weshalb?", wollte ich daher wissen. „Meinst du nicht, dass es etwas gefährlich ist, mit mir zu sprechen? Ich will dir keine Angst machen, aber dein Blut riecht verlockend", warnte ich sie und das entsprach der Wahrheit.

Schon bei dem Gedanken daran lief mir das Wasser im Mund zusammen und ich leckte mir genüsslich über die Lippen. Was ich jedoch augenblicklich bereute. Denn als Leila das sah, zuckte sie leicht zusammen, zeigte sonst jedoch zu meinem Erstaunen keine Angst.

„Ich habe einige Fragen. Und die Antworten kannst nur du mir geben", erklärte sie schließlich, um eine feste Stimme bemüht.

„Entweder, du bist verdammt mutig oder total leichtsinnig und verrückt", stellte ich fest und schaute sie zweifelnd an.

Doch Leila zuckte nur mit den Schultern. „Ich halte dich nicht für so eine blutrünstige Bestie", meinte sie entschlossen.

Das überraschte mich und tat gleichzeitig gut. Ich machte mir unglaubliche Vorwürfe, Leila die Eltern genommen zu haben. Aber ich konnte nicht ändern, was ich war. Berührt von ihrer Aussage lächelte ich sie an. „Schön, wenn du so denkst. Trotzdem bin ich sozusagen ein Serienkiller", antwortete ich etwas verbissen.

Leila schüttelte energisch den Kopf. „Mag ja sein. Aber du tust das nicht aus Spaß am Morden. Du ernährst dich. Ich glaube, du hast eigentlich ein gutes Herz", sagte sie überzeugt.

Natürlich fiel es ihr schwer, mit mir so offen zu reden. Sie musste sich anstrengen, so entspannt zu bleiben. Ich konnte ihren schnellen Herzschlag dank meiner guten Ohren hören und sah, wie ihre Hände leicht zitterten. Doch Leila meinte es ehrlich und klang tatsächlich verständnisvoll.

Ich seufzte ergeben. „Also gut. Wenn du mich schon ausfragen willst – dann aber nicht hier. Meine Selbstbeherrschung ist begrenzt. Und den Anblick, was passieren würde, sollte uns ein Wanderer begegnen, will ich dir lieber ersparen.

Komm mit. Ich kenne einen schönen, ruhigen Platz weit weg von sämtlichen Wanderwegen.“

65

Kapitel 14 – So viele Fragen

„Wow!", hauchte sie neben mir überwältigt.

Wir traten gerade aus dem Wald. Leila war mir vorsichtig und mit etwas Abstand gefolgt. Nun schaute sie sich staunend um.

Der Platz war aber auch wirklich atemberaubend schön und friedlich.

Ich war gerne hier. Und da kein Mensch diesen Ort bisher entdeckt hatte, war er unglaublich gut zum Nachdenken und Abspannen. Hier lenkte mich kein verlockender Duft ab und ich lief auch nicht Gefahr, jemanden ungewollt anzugreifen.

Der Wald ging an dieser Stelle in eine Wiese voller wilder Blumen über. Von dieser Lichtung hatte ich auch den Strauß, den ich an das Kreuz von Leilas Eltern gelegt hatte. Am anderen Ende der Wiese waren große Felsen, die ich gelegentlich als Sitzmöglichkeit nutzte. Kurz dahinter ging es steil in die Tiefe. Doch von hier oben hatte man einen tollen Blick über das Tal und den Wald.

Ich steuerte auf die großen Steine zu und nahm Platz. Auch Leila machte es sich auf einem Felsen bequem. Fragend sah ich sie an. „Nun, was willst du wissen?"

Sie zögerte.

Ich konnte Leila ansehen, dass sie sich wieder anspannte. „He, ich gebe mir wirklich Mühe, dir nichts zu tun, ok?", beruhigte ich sie deshalb. „Ich sage dir schon Bescheid, wenn mein Durst zu groß wird und es für dich zu gefährlich wäre, in meiner Nähe zu bleiben", fügte ich mit einem Lächeln hinzu.

Tatsächlich brachte das Leila zum Grinsen. „Dann sag mir, warum du mir nichts tun willst. Was ist der Unterschied zwischen mir und denen, die du…naja….“ Sie stockte verlegen.

„Umbringst?“, half ich ihr. „Du kannst es ruhig sagen.“

Sie nickte nur schüchtern.

„Das ist eine lange Geschichte“, erwiderte ich seufzend. Ich dachte zurück an Elena, verdrängte den Gedanken jedoch schnell wieder. „Tut mir leid, aber ich kann sie dir nicht erzählen“, meinte ich daher ausweichend.

„Warum?“, fragte Leila neugierig.

Doch ich schüttelte den Kopf. „Ich mag dich und ich werde mir die größte Mühe geben, dir nichts zu tun. Aber den Grund kann ich dir nicht nennen. Ich will einfach nicht darüber reden, ok?“, sagte ich mit fragendem Blick.

Sie schien zu merken, dass ich wirklich keine Antwort geben würde. Vielleicht spürte Leila auch, dass die Geschichte traurige Erinnerungen in mir wach rief. Jedenfalls nickte sie. „Ok. Dann erzähl mir halt irgendetwas anderes über dich. Zum Beispiel wie du lebst. Und wie fühlt sich das an, unsterblich zu sein? Stimmt das, was in den Büchern über Vampire steht? …“

Ich unterbrach sie schmunzelnd. „He, eins nach dem Anderen, ja? Also, was in den Büchern steht, stimmt nur zum Teil. Wie du siehst, zerfallen wir bei Sonnenlicht nicht zu Staub.“

Sie lachte und das klang in meinen Ohren einfach nur wundervoll. Ihre Angst schien endlich komplett zu verschwinden.

„Und wir schlafen auch nicht in Särgen“, fuhr ich fort. „Ich lebe wie die meisten Vampire und ziehe als Einzelgänger und Nomade von einem Ort zum nächsten. Dabei versuche ich, möglichst unentdeckt zu bleiben und deshalb nicht zu viele Menschen in der gleichen Gegend zu töten.“

„Warum gründet ihr nicht so etwas wie Gruppen?“, fragte Leila dazwischen. Bei meinem letzten Satz hatte sich ihr Gesicht zwar erneut etwas verfinstert, aber ihre Neugier überwog.

„Weil wir dann noch eher auffallen würden“, erklärte ich. „Außerdem sieht jeder Vampir die Gegend, in der er sich gerade befindet, als sein Jagdrevier an. Da ist Konkurrenz unerwünscht. Aber es gibt durchaus auch welche, die sich zu Gruppen zusammenschließen. Häufiger kommt es vor, dass wir mit einer Partnerin beziehungsweise einem Partner zusammen leben.“

„Und du bist allein?“, erkundigte sie sich.

„Warum nicht?“, meinte ich Schultern zuckend. „Ich habe die Ewigkeit vor mir. Da sind ein paar Jahre allein nicht von Bedeutung.“

Wieder unterbrach mich Leila, doch dieses Mal klang sie eher einfühlsam als nur neugierig. „Unsterblichkeit ist ja bestimmt cool. Aber du bist trotzdem nicht gerne ein Vampir, oder? Ich meine, du sagtest, du wollest niemanden töten. Und irgendwie wirkst du nicht gerade glücklich.“

Ich seufzte. Sie hatte wirklich eine gute Beobachtungsgabe und ich konnte mich vor ihr nur schwer verstellen. „Stimmt“, gestand ich etwas traurig.

Danach herrschte eine Weile Stille.

Ich dachte darüber nach, warum Leila das alles wohl interessierte. Allerdings fand ich keine plausible Erklärung. Auch sie schien irgendwelchen Gedanken nachzuhängen und starrte in die Ferne.

Schließlich fragte sie etwas zaghaft: „Jared? Wie alt bist du eigentlich?“

Ich war zugegeben etwas überrascht über diese Frage. Aber wenn sie es wissen wollte… „Ich wurde 1887 verwandelt. Damals war ich 19“, erklärte ich.

„Wow! Dann wurdest du…“ Leila begann zu rechnen.

„Am 7. August 1868 in Detroit geboren“, half ich ihr.

„Dann bist du über 140 Jahre alt! Cool!“, rief sie fasziniert.

„Sieht man mir nicht an, oder?“, fragte ich mit einem leichten Schmunzeln, um die Stimmung weiterhin etwas aufzulockern.

Sie lächelte. „Nein. Hast dich gut gehalten.“

Jetzt musste auch ich lachen. Es tat einfach gut, mit jemanden so entspannt reden zu können. „Du bist wirklich komisch“, meinte ich und schüttelte den Kopf.

„Wieso?“, fragte sie und sah mich erstaunt an.

„Weil du auf einer Lichtung sitzt und dich mit einem Vampir unterhältst, als sei er ein alter Bekannter“, sagte ich nun wieder ein wenig ernster.

„Naja. Irgendwie bist du das ja auch.“ Leila schien an damals zu denken, denn sie wirkte mit einem Mal traurig.

Ich sah es an ihrem Gesicht, wie plötzlich ein dunkler Schatten darüber huschte. Deshalb wechselte ich das Thema. „Jetzt erzähl mir aber auch mal etwas über dich. Wie alt bist du?“

„17 Jahre“, antwortete sie sichtlich dankbar darüber, dass ich nicht näher auf ihre letzte Aussage einging. „Am 19. November werde ich 18.“

„Und du lebst mit deiner Tante allein in dem Haus?“, hakte ich weiter nach. Ich war wirklich neugierig.

„Ja. Ich habe sonst keine weiteren Verwandten“, erklärte Leila leicht bedrückt.

„Hast du einen Freund?“ Mir war klar, dass es komisch klingen musste, wenn das ein fast fremder, über 100jähriger fragte. Aber es interessierte mich einfach, wie Leila lebte. Ich wollte wissen, ob es ihr trotz des Verlustes ihrer Eltern gut ging und ob sie glücklich war.

„Nein“, gab sie kopfschüttelnd zur Antwort.

„Was machst du so?“, erkundigte ich mich weiter. „Du gehst noch zur High School, oder?“

„Ja. Und sonst…. Ich treffe mich mit Freunden, lese, höre Musik oder arbeite in der Bücherei“, zählte sie auf.

Ich überlegte, was ich sie sonst noch fragen könnte. Die Zeit mit ihr zu verbringen, war einfach schön. Daher wollte ich sie noch eine Weile hier behalten und unser Gespräch fortführen.

Doch Leila stand bereits auf. „Sorry, aber ich muss los. Wenn ich zum Mittag nicht zu Hause bin, macht Sue sich nur Sorgen.“

Enttäuscht willigte ich ein. „Okay. Ich bringe dich noch zurück bis zum Pfad.“

Den ganzen Weg über schwiegen wir. An was Leila gerade dachte, konnte ich nicht so genau sagen. Allerdings ging in meinem Kopf alles drunter und drüber. Ich dachte über dieses Mädchen neben mir nach und über die alten Erinnerungen, die sie in mir wach rief.

Am Waldweg verabschiedete sie sich. „Sehen wir uns noch mal wieder?“, fragte sie.

„Ich werde wohl noch eine Weile hier bleiben“, antwortete ich.

„Gut.“ Leila strahlte.

Es wunderte mich etwas, dass sie sich so freute, wenn der Mörder ihrer Eltern noch in der Gegend blieb. Aber wahrscheinlich war sie tatsächlich dabei, mir zu vergeben.

„Dann kann ich dich also weiter ausfragen?“, meinte sie hoffnungsvoll.

„Wenn du immer noch Fragen hast. Von mir aus. Aber dann will ich auch noch etwas über dich wissen“, stimmte ich zu.

„Ok. Kein Problem.“

Ich überlegte kurz. „Morgen ist aber schlecht. Ich will vorher noch mal auf Jagd gehen.“

Sie nickte verstehend. „Dann, bis bald.“ Und mit diesen Worten drehte Leila sich um und ging.

„Ja. Bis bald!“, rief ich ihr hinterher.

Ich schaute ihr noch lange nach, bis sie irgendwann hinter den Bäumen verschwunden war.

Sie sah Elena wirklich sehr ähnlich.

„Ich werde alles tun, um den Tod deiner Eltern wieder gut zu machen“, versprach ich Leila leise. Auch wenn sie das schon nicht mehr hören konnte.

Kapitel 15 – Welpenalarm

Es war Montagvormittag und die Sonne versteckte sich hinter grauen Wolken. Die ersten zwei Stunden hatten wir überraschend Matheausfall und saßen auf dem Schulhof und quatschten.

Jessica musste uns unbedingt von ihrem Treffen mit Leon erzählen. Sie schwärmte, wie gut er Gitarre spielen konnte und summte eines seiner Lieder.

Irgendwann kamen wir jedoch auf Janas Welpen zu sprechen.

„Ach so, Janik", wandte ich mich an ihn. „Also, meine Tante ist einverstanden. Sie liebt Hunde."

„Du bekommst einen der Welpen?", fragte Jessi überrascht, da sie von unserem letzten Gespräch noch nichts wusste.

Ich nickte.

„Meine Eltern haben auch zugesagt. Wir wollen heute noch ein paar Dinge für den Kleinen kaufen und dann gehört Charles endlich mir!" Katlin strahlte begeistert.

Jessi schien der Gedanke an ein weiteres Haustier ebenfalls zu gefallen und sie fragte: „Kann ich auch einen haben?"

„Klar", antwortete Janik. „Wenn deine Katze hundeverträglich ist."

Jessi zuckte nur mit den Schultern. „Wenn nicht wird sie hundeverträglich gemacht. Luna kann doch nichts gegen einen kleinen, süßen Welpen haben", meinte sie schwärmerisch.

„Sonja hätte bestimmt nichts gegen einen Spielgefährten“, warf Alexa ein.

„Sie ist ja auch ein Hund und keine Katze“, entgegnete ich grinsend und auch die anderen mussten lachen.

„Du kannst ja deine Eltern fragen. Ich suche eh noch jemanden“, schlug Janik vor.

Alexa nickte. „Gerne.“

Wir diskutierten, was alles gekauft werden musste. Schließlich beschlossen wir, uns Mittwoch alle bei Janik zu treffen, um die Welpen abzuholen.

Während die anderen sich stritten, ob Hunde oder Katzen niedlicher waren, ließ ich meinen Blick über den Schulhof wandern. Der Himmel war grau und alles wirkte trüb. Ich hörte den anderen kaum noch zu, denn meine Gedanken waren bei gestern.

Kat schien zu merken, dass ich nicht mehr richtig da war. „Hey, ist was? Du wirkst so komisch“, sagte sie einfühlsam.

Ich schüttelte nur den Kopf.

„In den letzten Tagen ist mir das aber auch schon aufgefallen“, meinte Jessi. Sie sah mich besorgt an. „Seit dem Todestag deiner Eltern bist du seltsam abwesend. Ist es deswegen? Weil du sie vermisst?“

„Ja. Bin einfach etwas durch den Wind“, antwortete ich.

Wie gerne hätte ich meinen Freunden alles erzählt. Aber ich konnte doch schlecht sagen: Naja, also ich habe den Mörder meiner Eltern getroffen. Er ist ein 140jähriger Vampir und eigentlich richtig nett. Es tut ihm sogar leid. Ach so, ich finde ihn außerdem süß. Ich schüttelte leicht den Kopf. Nein, das konnte ich niemandem erzählen. Höchstens Tante Sue. Sie wusste schließlich, was damals wirklich passiert war. Und sie glaubte mir, auch wenn es noch so verrückt klang.

Als ich Sonntag in den Wald gegangen war, hatte ich Jared tatsächlich getroffen. Er hatte mich auf eine wunderschöne, idyllische Lichtung geführt und dort hatten wir uns dann unterhalten. Endlich hatte ich wenigstens einige meiner Fragen stellen können. Jared hatte mir ein bisschen über sich erzählt und danach angefangen, mich auszufragen.

Er war total freundlich gewesen, aber irgendetwas schien ihn zu bedrücken. Denn die wichtigste Frage für mich war ja, warum er mir nichts antun wollte. Doch Jared hatte nur geantwortet, das sei eine lange Geschichte, die er mir nicht erzählen wollte. Dabei hatte er richtig traurig ausgesehen. Irgendetwas machte ihm zu schaffen, was er vor mir geheim halten wollte.

Doch wir hatten uns sowieso vorgenommen, uns in den folgenden Tagen noch einmal zu treffen. Dann würde ich versuchen, mehr über ihn zu erfahren und vielleicht eine Antwort zu finden.

Ich freute mich schon darauf.

Als wir auf der Lichtung gewesen waren, hatte ich fast vergessen, dass Jared ein Vampir war. Er hatte sich mit mir unterhalten, als sei das etwas ganz Normales. Ich hatte ihm angemerkt, wie sehr er sich freute, mit jemanden reden zu können, der ihn nicht für ein Monster hielt.

Außerdem hatte Jared mir erzählt, dass Vampire meist allein lebten.

Er konnte mir ehrlich leidtun, denn er hatte es wirklich nicht leicht. Ich konnte mir nur schwer vorstellen, wie er sich fühlen musste. Ständig einsam und mit dem schlechten Gewissen, unzähligen Menschen das Leben genommen zu haben. Und das nur, weil der Blutdurst so unglaublich stark war und er sich nicht dagegen wehren konnte.

In den nächsten Tagen hatte ich kaum Zeit, an Jared zu denken. Alles drehte sich nur um die Welpen.

Mittwoch standen dann alle bei Janik im Garten: Katlin mit ihren Eltern, Familie Bowen mit Jessica, Leon, der morgen zurück nach Mexiko musste, da die Ferien vorbei waren und meine Tante Sue und ich.

Alle redeten durcheinander, wie süß die Kleinen doch waren.

Janik saß auf der Wiese und hatte Roy auf dem Schoß. Neben ihm saß Katlin mit Charles auf dem Arm. Hündin Jana wuselte ständig um die beiden herum.

Alexa kniete vor einem Welpen. Sie wollte ihn Alica nennen. Sonja, Alexas Hündin, schnupperte an der Kleinen und leckte ihr zärtlich über den Kopf.

Auch Jessi hatte sich entschieden. Sie hielt einen kleinen Rüden auf dem Arm. Leon streichelte den Welpen, der bereits auf Johnny getauft war, über den Rücken.

Ich hielt ebenfalls einen auf den Arm. Bereits als ich den Garten betreten hatte, war die Kleine mir entgegen gekommen. „Ich nenne dich Arja, ok?", fragte ich sie liebevoll. Sie bellte und schmiegte ihr Köpfchen an meine Schulter.

Sue lachte. „Ich glaube, das hieß ja."

Den ganzen Nachmittag unterhielten wir uns und lachten, wenn einer der Welpen irgendwelchen Blödsinn anstellte. Es war einfach ein toller Tag, an dem ich keine einzige Minute Zeit hatte, um an Jared zu denken.

Kapitel 16 – Blaue Augen

Inzwischen war es Samstagnachmittag und ich hatte endlich alle Hausaufgaben geschafft.

Arja hatte sich richtig gut eingelebt. Sie hatte ihr Körbchen neben meinem Bett liegen, aber ihr Lieblingsplatz war auf der Fensterbank. Gerade spielte sie mit ihrem Kauknochen.

Während ich ihr dabei zusah, konnte ich endlich über Jared nachdenken. Ich hatte in den letzten Tagen einfach keine Zeit gehabt, mich mit ihm zu treffen. Doch das konnte ich ja jetzt nachholen. Arja brauchte sowieso etwas Auslauf und sie sollte auch den Wald kennenlernen. Ich bezweifelte, dass es Jared stören würde, wenn ich sie mitbrachte. Also zog ich meine Jacke über, legte Arja die Leine an und ging mit ihr raus.

Für sie war einfach alles interessant und neu. Sie schnupperte überall und wäre wohl lieber im Wald herumgerannt, als bei mir zu bleiben. Aber dafür war Arja noch zu klein. Ihr fehlte Erziehung, weshalb ich mich mit meinen Freunden und deren Welpen bereits bei der Hundeschule angemeldet hatte.

Als wir auf der Lichtung ankamen, saß Jared auf einem Felsen. Noch bevor er sich richtig zu mir umgedreht hatte, meinte er bereits: „Hi, Leila. Wen hast du denn da mitgebracht?“

Ich fragte mich, woher er wusste, dass ich nicht allein war. Doch dann fiel mir die Antwort schon selbst ein: Er war ein Vampir, also hatte Jared Arja wahrscheinlich schon längst gerochen, vielleicht sogar ihren Herzschlag gehört. Keine Ahnung, ob er das konnte, aber ich könnte mir das durchaus vorstellen.

Ich lächelte ihn an. „Das ist Arja. Ich habe sie erst seit ein paar Tagen und dachte, es würde dich nicht stören, wenn ich sie mitbringe."

Er schüttelte den Kopf. „Ich nehme an, sie ist der Grund, warum du erst heute kommen kannst."

„Ja. Und die Schule. Tut mir echt leid, aber ich hatte einfach keine Zeit", entschuldigte ich mich.

„Schon ok."

Ich setzte mich neben Jared und nahm Arja hoch. Neugierig, aber zugleich auch ängstlich sah sie Jared an. „He, das ist ein Freund. Der tut dir doch nichts", beruhigte ich sie.

„Die meisten Tiere spüren, was ich bin und haben Angst", meinte Jared etwas enttäuscht.

„Dazu hat sie doch gar keinen Grund. Oder jagst du auch Tiere?", fragte ich interessiert.

„Manchmal ja. Eine Zeit lang habe ich sogar versucht, mich nur von Tieren zu ernähren. Aber ehrlich gesagt, schmecken sie nicht so gut wie Menschen. Ich habe es einfach nicht geschafft, auf Dauer kein Menschenblut mehr zu trinken. Der Drang ist zu stark." Er sah mich entschuldigend an.

Doch ich verstand ihn und musste halt akzeptieren, was er war.

Jared streckte langsam die Hand nach Arja aus und sie schnupperte zögernd an ihm. Er begann sie zu kraulen und nach einer Weile entspannte sie sich.

„Magst du Tiere? Ich meine, außer als Beute", wollte ich wissen und beobachtete ihn. Er ging so sanft mit dem Golden Retriever Welpen um, was für mich ein weiterer Beweis war: Jared war keine blutrünstige Bestie.

Er antwortete lediglich mit einem Nicken und schien das Schmusen mit Arja genauso zu genießen wie sie.

Zuerst wollte ich einige harmlose Fragen stellen, bevor ich ihn auf seine Vergangenheit und den Grund seines freundlichen Verhaltens mir gegenüber, ansprach.

So fragten wir uns gegenseitig aus.

Ich erzählte ihm an diesem Nachmittag mein halbes Leben, zumindest kam es mir so vor. Auch Jared nannte mir viele seiner Gewohnheiten und berichtete mir Geschichten, die er irgendwo erlebt, beobachtet oder gehört hatte.

Dabei fiel mir auf, dass alle Begebenheiten aus der Zeit nach seiner Verwandlung stammten. Also sprach ich ihn darauf an. „Du erzählst die ganze Zeit nur Dinge, die du als Vampir erlebt hast. Aber mich interessiert auch, wie du als Mensch warst.“

„Was willst du denn wissen?“, meinte Jared leicht skeptisch.

„Keine Ahnung“, entgegnete ich Schultern zuckend. „Erzähl mir einfach irgendetwas, zum Beispiel von deiner Familie. Hattest du Geschwister?“

Bis jetzt war die Stimmung locker und lustig gewesen, doch bei dieser Frage verdüsterte sich sein Gesichtsausdruck. „Ja“, sagte er bedrückt. „Aber darüber will ich nicht reden.“

Ich nahm an, er vermisse seine Familie, die ja schon lange tot war, und wollte sich deshalb nicht erinnern. Also drängte ich ihn nicht. Aber eine innere Stimme sagte mir, dass Jareds Familie und seine Trauer mit dem Grund zu tun hatten, warum er so freundlich zu mir war.

Trotzdem stellte ich die nächste Frage, um die Stimmung wieder zu heben. „Sag mal, was für eine Augenfarbe hattest du eigentlich?“ Das klang zwar total doof, aber mir war auf die Schnelle nichts Besseres eingefallen und außerdem interessierte es mich wirklich irgendwie.

Wenigstens lächelte Jared jetzt wieder. „Indigoblau.“

Wir redeten noch eine Weile über das Leben im 19. Jahrhundert und verglichen es mit heute. Dabei vergaßen wir beide die Zeit und bemerkten nicht, wie graue Wolken aufzogen und langsam Nebel über die Lichtung kroch.

Erst als Arja begann zu fiepen, fiel mir die drückende Stimmung wie vor einem Gewitter auf.

„So wie es aussieht, zieht bald ein Unwetter auf. Wenn du im Trockenen nach Hause kommen willst, solltest du dich beeilen“, meinte Jared mit einem prüfenden Blick nach oben.

„Glaube ich auch.“

Der Nebel wurde immer dichter und Arja weigerte sich, auch nur einen Schritt zu machen, weshalb ich sie auf den Arm nehmen musste. Doch ich konnte ihre Angst verstehen, denn im Wald war es wirklich unheimlich.

Jared schien das überhaupt nicht zu stören.

Und auch wenn es seltsam klingt, da er ein Vampir ist, aber seine Anwesenheit verlieh mir ein Gefühl von Sicherheit. Ohne ihn hätte ich mich wahrscheinlich im Nebel verlaufen oder vorher zu Tode gefürchtet.

Er brachte mich bis zum Haus, wo wir uns schließlich verabschiedeten.

Sue hatte sich schon Sorgen gemacht, ob ich noch vor dem Unwetter nach Hause kam und war erleichtert, als sie mich sah. Dass Jared mich hierher begleitet hatte und ich das nicht im Mindesten unheimlich fand, verwirrte sie allerdings ein wenig.

Die ganze Nacht über tobte das Gewitter. Arja hatte sich in mein Bett geflüchtet, aber mich störte das Blitzen und Donnern nicht.

Ich schlief seelenruhig und träumte von Jared mit indigoblauen Augen, wie er mich sicher durch einen dunklen Wald führte.

Kapitel 17 – Das Geständnis

Wir waren schon ein paar Mal in der Hundeschule gewesen und alle Welpen machten Fortschritte. Ich war mit Arja auf dem Heimweg vom Hundeplatz und wurde von Jessi und ihrem Welpen Johnny begleitet.

„Langsam mache ich mir wirklich Sorgen um dich. Du bist in letzter Zeit echt komisch. Also sag mir endlich, was los ist." Jessica sah mich streng an.

„Ich sagte doch bereits: Es ist nichts", erwiderte ich abwehrend.

„Das glaube ich dir aber nicht", entgegnete Jessi. „Bist du verknallt?"

Überrascht sah ich sie an. Aber die beste Freundin kennt einen nun mal am besten. Ich spürte, wie ich rot wurde und nickte ergeben. „Ja. Irgendwie schon", antwortete ich schließlich etwas widerwillig.

„Und? Wer ist es?", fragte Jessi neugierig.

Ich überlegte, was ich sagen sollte. Doch ich musste ihr endlich alles erzählen und außerdem konnte ich sie einfach nicht belügen. Seufzend antwortete ich: „Er heißt Jared."

„Jemand aus unserer Schule?", hakte Jessi weiter nach.

„Nein. Du kennst ihn ganz sicher nicht", meinte ich nur.

„Wie alt ist er denn?" Meiner Freundin machte dieses Verhör sichtlich Spaß.

„19", antwortete ich und irgendwie war das ja die Wahrheit.

Doch ich konnte Jessi nichts vormachen. Sie hatte sofort gemerkt, dass etwas nicht stimmte. „Was ist mit ihm, mh? Irgendetwas verheimlichst du mir", stellte sie voller Überzeugung fest.

Das war der Moment, in dem ich beschloss, ihr alles zu sagen. Zögernd begann ich: „Naja, Jared ist… anders." Ich wusste einfach nicht, wie ich es Jessica erklären sollte. Vermutlich würde sie mich für total verrückt halten, wenn ich ihr berichtete, wer er wirklich war. Doch andererseits war ich eine schlechte Lügnerin. Und selbst wenn sie mich für total gaga hielt, ich musste es riskieren.

„Was meinst du mit `anders`?", wollte Jessi wissen.

Ich sah sie an. „Also, ich weiß, das klingt unmöglich. Aber was ich dir jetzt sage, ist die Wahrheit. Ok? Ich habe mir das nicht ausgedacht und spinnen tue ich auch nicht." Ich atmete tief durch. „Jared ist ein Vampir."

Sie sah mich zweifelnd an. „Meinst du das ernst?"

„Klar. Glaubst du, ich hätte es dir so lange verschwiegen, wenn er ein ganz normaler Mensch wäre?"

„Sorry, aber Vampire gibt es nicht wirklich. Du musst zugeben, dass das verdammt komisch klingt", meinte Jessi entschuldigend.

„Schon, aber er ist wirklich einer. Jared… er hat damals meine Eltern umgebracht", brachte ich stocken hervor.

„Was?!" Jessi schaute mich schockiert an.

Doch in diesem Moment wurde mir endgültig klar, dass ich ihr vertrauen konnte. Sie würde mir vielleicht nicht glauben, aber zumindest zuhören und es auch nicht weitererzählen. Also berichtete ich ihr alles. Angefangen vor zehn Jahren, als er mich das erste Mal verschont hatte, bis hin zu unserem letzten Treffen. Ich schilderte ihr von meinen Träumen von ihm und beschrieb einfach alles ganz genau.

Und Jessi hörte mir tatsächlich zu, auch wenn sie mich manchmal überrascht, fragend oder belustigt ansah.

Als ich fertig war, fragte ich: „Und? Hältst du mich jetzt für verrückt?“

„Nein“, erwiderte sie ehrlich. „Ich glaube, so etwas kann man sich nicht ausdenken. Aber so richtig vorstellen kann ich es mir auch nicht. Sorry, aber ich muss das jetzt erst einmal verarbeiten.“

Ich nickte. Wie gut ich sie verstehen konnte. Wenn ich das alles nicht selbst erlebt hätte, würde ich es auch für eine Geschichte halten. Da kam mir eine Idee. „He, vielleicht kann ich ihn dir ja vorstellen. Ich müsste Jared zwar erst fragen, was er davon hält, aber das wird schon klappen.“

„Naja, ich würde ihn schon gerne kennenlernen, aber… Er ist ein Vampir. Ich meine, da ernährt er sich doch von… Menschenblut“, meinte Jessi stockend.

„Schon, aber wenn ich ihm sage, wer du bist, wird er schon nicht gleich auf dich losgehen. Jared würde nie jemanden einfach so angreifen, erst recht keine Freundin von mir“, versicherte ich ihr.

„Ok, wenn du da so überzeugt bist. Interessieren würde mich ja, wie dein Jared so ist und ob er wirklich so süß aussieht.“ Sie lächelte verschwörerisch.

Ich strahlte sie an und war echt erleichtert, dass ich es ihr endlich gebeichtet hatte. Außerdem tat es irgendwie gut, mit der besten Freundin einfach mal über einen netten Typen zu schwärmen. Auch wenn der ein Vampir war. „Also gut, dann werde ich ihn fragen, ob er einverstanden ist. Und wenn ja, dann kommst du diesen Samstag einfach zu mir“, schlug ich vor.

Jessi nickte. „Ich bin schon gespannt, ob er wirklich so freundlich ist und so umwerfend aussieht, wie du ihn beschrieben hast.“

Anschließend begleitete ich Jessica noch bis nach Hause und ging dann ebenfalls heim.

`Hoffentlich geht das Samstag gut`, dachte ich.

Kapitel 18 – Abgehauen

Der restliche Nachmittag verging schnell.

Ich hatte beschlossen, meiner Tante lieber nichts von dem Vorhaben zu erzählen.

Da ich noch für eine Französischarbeit morgen lernen musste, beachtete ich Arja nicht. Sie rannte wahrscheinlich irgendwo im Haus herum, vermutete ich zumindest.

Denn plötzlich kam Sue in mein Zimmer gestürzt. „Ist Arja bei dir?“, fragte sie aufgewühlt.

„Nein. Ich dachte, sie ist vielleicht wieder auf einer ihrer Erkundungstouren durchs Haus“, antwortete ich ohne große Bedenken. „Wieso?“

„Ich wollte gerade das Essen machen, als sie mir hinterher kam. Dann ist sie in der Stube herumgerannt und plötzlich war sie verschwunden. Ich habe sie überall gesucht“, erklärte Sue sorgenvoll.

„War die Terrassentür noch offen?“, fragte ich alarmiert.

„Ja, aber…. Du meinst sie ist rausgerannt?!“, rief meine Tante nun völlig aufgelöst.

„Arja liebt den Wald. Die vielen Gerüche findet sie einfach spannend. Bestimmt ist sie dorthin gelaufen. Ich gehe sie suchen. Bleib du hier. Falls sie wieder auftaucht, ruf mich auf dem Handy an“, beschloss ich und war schon beim Aufstehen.

„Mache ich. Hoffentlich findest du sie. Ich schaue auch noch mal überall nach. Vielleicht hat sie sich doch nur irgendwo versteckt“, meinte Sue allerdings wenig zuversichtlich.

Augenblicklich machte ich mich los.

Sollte Arja auf dem Pfad geblieben sein, wäre sie höchstwahrscheinlich in Richtung Lichtung gelaufen. Diesen Weg war ich mit ihr die letzten Tage immer wieder gegangen. Deshalb würde ich sie hier auch als erstes suchen.

Ich machte mir unheimliche Sorgen um Arja, schließlich konnte ihr im Wald so viel passieren. Immer wieder rief ich ihren Namen und schaute hinter jeden Baum und jedes Gebüsch, doch ich konnte sie einfach nicht finden.

Gerade rief ich wieder nach der Kleinen, als ich ein Bellen hörte.

„Arja?!", schrie ich und wieder antwortete sie mir.

Da sah ich sie auch schon. Doch Arja kam mir nicht einfach entgegen gerannt und sie war auch nicht allein. Jared hatte sie auf dem Arm und kam auf mich zu.

„Ist sie dir ausgerissen?", meinte er schmunzelnd und streichelte den Welpen dabei über den Kopf.

„Ja. Sie ist einfach durch die offene Terrassentür gerannt und weg war sie. Wo hast du sie denn gefunden?", fragte ich und nahm sie ihm erleichtert ab.

„Sie ist anscheinend durchs Unterholz geirrt und dabei mit dem Halsband an einem Zweig hängen geblieben. Ich habe sie jaulen gehört und erkannt, dass das Arja ist", erklärte Jared.

„Ich bin so froh, dass ihr nichts passiert ist. Danke", sagte ich aus vollen Herzen.

Er lächelte verständnisvoll. „Ist doch kein Problem. Aber pass lieber auf deinen kleinen Ausreißer auf. Das nächste Mal finde ich sie vielleicht nicht so schnell."

Ich nickte. „Aber gut, dass ich dich treffe", begann ich.

„Wieso?" Er sah mich neugierig an.

„Weil ich dich was fragen will. Also ich habe heute Nachmittag meiner Freundin Jessica alles von dir erzählt. Ich konnte einfach nicht anders. Sie machte sich Sorgen und wollte wissen, was mit mir los ist und…“

Jared unterbrach mich. „Moment. Du willst mir damit nicht ernsthaft sagen, dass sie weiß, dass hier im Wald ein Vampir rumläuft, mit dem du befreundet bist, oder?“, fragte er sichtlich schockiert.

„Doch“, antwortete ich und zog das Wort dabei in die Länge. Ich war ein bisschen verlegen, weil ich nicht einschätzen konnte, was er davon hielt.

Aber er erkundigte sich lediglich: „Und, wie hat sie reagiert?“

„Jessi ist ein bisschen verwirrt, aber sie glaubt mir. Ich habe ihr alles berichtet, auch von damals. Naja, und jetzt will sie dich kennenlernen“, teilte ich ihm mit.

Jared sah mich zweifelnd an.

„Sie muss dich einfach mit eigenen Augen sehen, um wirklich glauben zu können, was du bist“, fügte ich hinzu.

„Und was, wenn ich mich nicht unter Kontrolle habe? Willst du riskieren, dass ihr was passiert?“, warf er warnend ein und wirkte fast ein bisschen verzweifelt.

„Ich vertraue dir. Du wirst ihr nichts tun“, entgegnete ich energisch. Längst schon hatte ich keine Zweifel mehr an seinem guten Herz.

Jared überlegte kurz, dann nickte er. „Ok. Aber ich will nicht, dass dann die ganze Stadt von mir erfährt und ich wie eine Attraktion behandelt werde. Ich habe keine Ahnung, was für verrückte Dinge sich die Menschen heute ausdenken würden. Aber damals wurden wir verfolgt. Und auf so etwas habe ich echt keine Lust. Deshalb darf es auf keinen Fall öffentlich werden, dass es tatsächlich Vampire gibt und einer in den Wäldern um Longview herum haust.“

Ich beruhigte ihn. „Jessica und meine Tante sind die Einzigen, die von dir wissen und das soll auch so bleiben.“

„Ok. Wie hast du dir das Treffen denn vorgestellt?“ Langsam schien Jared sich auf mein Vorhaben einzulassen.

„Ich dachte, hier im Wald fände sie es vielleicht etwas gruselig, dich zu treffen. Also würde ich diesen Samstagnachmittag bei mir zu Hause vorschlagen“, erklärte ich.

„Ich werde da sein“, versprach Jared.

Kapitel 19 – Überraschender Besuch

Und dann war es so weit. Samstag, Punkt um drei kam Jessi zu mir. Jared war noch nicht da, also unterhielten wir uns. Dabei durchsuchte sie aus Langeweile meinen Kleiderschrank.

„He, was hast du denn für ein geiles Kleid?", fragte sie und zeigte auf das ecrufarbene, welches mir Sue geschenkt hatte. „Komm, zieh es an. Ich möchte wissen, wie du darin aussiehst", drängte sie mich und hielt es mir begeistert hin.

Ich tat ihr den Gefallen, schließlich war es mein Lieblingskleid.

„Wow! Das sieht echt toll aus", meinte Jessi überwältigt.

„Ich finde es auch wunderschön", gestand ich.

In diesem Moment klingelte es auch schon an der Tür.

Ich rannte - noch immer in dem Kleid - die Treppe hinunter.

Sue hatte ich zur Sicherheit weggeschickt. Sie wollte sowieso mal wieder einen Tag zum Shoppen haben und ich hatte sie nur noch überreden müssen, dass dafür heute genau richtig war. Daher brauchte ich mir keine Sorgen machen, dass sie erfuhr, dass ich Jessica Jared vorstellte.

Als ich die Tür öffnete, stand er lächelnd da.

„Hi. Komm rein", begrüßte ich ihn. Es war ein komisches Gefühl, einen Vampir zu sich nach Hause einzuladen. Außerdem war es mir etwas peinlich, dass er mich in dem Kleid sah.

Jared musterte mich und für einen kurzen Augenblick schien dieser traurige Ausdruck über sein Gesicht zu huschen.

Doch dann lächelte er wieder. „Steht dir“, sagte er und deutete dabei auf das Kleid. „Jessi ist oben?“, fragte er dann und schaute in Richtung Treppe.

„Woher weißt du…?“, setzte ich an, doch dann wurde es mir klar. „Du riechst sie.“

„Außer dir gibt es hier nur zwei weitere menschliche Gerüche. Einer gehört einer Person, die nicht da ist. Ich vermute deiner Tante. Also muss der zweite zu deiner Freundin gehören“, erklärte Jared.

Ich ging vor, um Jessi zu beruhigen. Einen Vampir trifft man schließlich nicht jeden Tag.

Etwas ängstlich wirkte sie schon. „Du hast gesagt, er meint, es sei ein Risiko, ihn zu treffen. Was machst du, wenn er durchdreht?“, fragte Jessi unsicher.

„Er wird nicht durchdrehen. Und wenn doch…“ Ich zuckte mit den Schultern, denn darauf fiel mir keine Antwort ein.

„Na toll“, entgegnete Jessi frustriert.

„Einen Vampir kann man nur aufhalten, indem man ihn vernichtet. Und das geht nur, wenn man ihn verbrennt. Solche Sachen wie Pfählen sind Legende.“

Jessi zuckte zusammen und drehte sich erschrocken um.

Am Türrahmen lehnte Jared und grinste.

„Musst du sie so erschrecken?“, schimpfte ich, jedoch eher aus Spaß.

„Er sieht irgendwie gar nicht aus wie ein Vampir“, sagte meine Freundin und musterte ihn. „Ich meine, ich habe ihn mir irgendwie gruseliger vorgestellt. Und dass du ihn süß findest, kann ich verstehen.“ Den letzten Satz flüsterte Jessi zwar, aber ich wusste, dass Jared jedes Wort verstanden hatte.

Ich spürte, wie ich rot wurde.

Doch Jared tat, als hätte er nichts gehört. „Soll ich dir beweisen, dass ich ein Vampir bin?“, fragte er Jessi herausfordern. Dabei kam er auf sie zu, zeigte die Zähne und knurrte leise, was aber nicht ernsthaft böse klang.

Trotzdem ging sie sicherheitshalber einen Schritt zurück. „Nein, ich glaube es dir auch so“, meinte sie etwas schüchtern.

Auf einmal klingelte es wieder an der Haustür.

„Wer ist das denn jetzt?“, fragte ich und ging nach unten.

Jessi schien sich mit Jared zusammen allein im Zimmer nicht ganz wohl zu fühlen, aber sie sagte nichts und ließ mich gehen.

Ich öffnete die Tür und vor mir stand… „Katlin?“

„Hi. Ich hatte gerade Langeweile und dachte, da komme ich mal vorbei.“ Sie steuerte sofort nach oben, ohne dass ich sie aufhalten konnte. „Oh. Hi, Jessi. Und wer bist du? Hat Leila etwa einen Freund?“ Kat grinste und musterte Jared.

„Das, äh, ist Jared. Ein Freund von mir, ja, aber wir sind nicht zusammen, falls du das denkst“, erklärte ich.

Jessi sah mich an und ich konnte ihr ihre Frage am Blick ablesen. Sollte Kat die Wahrheit über Jared erfahren?

Doch ich zuckte mit den Schultern und wandte mich an Jared. „Sorry, ich wusste nicht, dass sie heute hier auftaucht.“

Ich wollte eigentlich noch mehr sagen, aber da platzte Katlin dazwischen. „Was ist das hier für ein Treffen? Und warum sieht dieser Typ so blass aus? Fasching ist doch längst vorbei!“ Sie sah fragend Einen nach dem Anderen an.

Ich warf Hilfe suchend einen Blick zu Jared, doch der zuckte nur mit den Schultern. Ihm war es anscheinend egal, ob ich ihr alles sagte. Aber sollte ich Kat wirklich einweihen?

„Antwortet mir mal jemand?“, drängelte sie da schon. Dabei musterte sie Jared skeptisch. „Sag mal, trägst du rote Kontaktlinsen? Versuchst du irgendetwas Bestimmtes darzustellen?“, wollte sie skeptisch wissen.

Jessi stand die ganze Zeit nur daneben. Sie wusste genauso wenig wie ich, wie sie auf den überraschenden Besuch von Katlin reagieren sollte.

Da ergriff Jared das Wort und antwortete Kat: „Ich versuche nichts darzustellen. Meine Augenfarbe ist echt."

Als er sprach, mussten Katlin seine spitzen Zähne aufgefallen sein, denn sie fragte: „Sind das Plastikzähne? Also wenn das ein Vampirkostüm sein soll, muss ich zugeben, ist es dir echt gut gelungen. Auch wenn ich Vampire nicht leiden kann. Werwölfe sind mir da lieber."

„Da muss ich dich leider enttäuschen. Mir ist in letzter Zeit keiner begegnet. Ich habe nur vor etwa 120 Jahren von einem Werwolf bei Vancouver gehört", sagte Jared voller Ernst.

„Echt guter Witz", kicherte Kat.

„Das war die Wahrheit", entgegnet Jared unbeirrt.

„Kat, hör zu. Das ist verrückt, ich weiß, aber Jared ist wirklich ein Vampir", versuchte ich ihr zu erklären.

„Vampire gibt es nicht, genauso wenig wie Werwölfe. Auch wenn ich das gar nicht so schlecht fände", entgegnete Katlin und schien sich eine solche Begegnung gerade vorzustellen.

Währenddessen ging Jared langsam auf sie zu und für einen kurzen Moment hatte ich schon Angst, doch dann streckte er nur seine Hand aus und fasste sie am Arm an. „Glaubst du, ich schminke mich nicht nur wie ein Vampir, sondern kann auch meine Körpertemperatur senken?", fragte er leicht provozierend.

Bei der Berührung zuckte Kat zurück.

Ich hatte ihn bisher leider noch nicht berührt, aber er schien wirklich kalt zu sein.

„Eh, wenn das hier ein Scherz sein soll, könnt ihr aufhören", meinte Kat und wirkte nun sichtlich durch den Wind.

„Es ist kein Scherz", begann ich zu erklären.

Da Jessi die Geschichte bereits kannte, half sie mir, sie zu erzählen. Auch Jared gab einige Kommentare dazu.

Kat schien immer noch zu zweifeln. Doch ich konnte ihr anmerken, wie sie langsam anfing, die Geschichte zu glauben. „Wenn ihr nicht meine besten Freundinnen wärt, würde ich euch kein Wort glauben. Aber so…“

Wir unterhielten uns den gesamten Nachmittag und erst gegen Abend gingen die drei. Kat und Jessica diskutierten noch.

Jessi schien keinerlei Zweifel mehr zu haben, dass Jared ein freundlicher Vampir war. Sie lächelte ihn sogar an, als sie sich verabschiedete.

Kat hingegen hatte Zweifel, aber ich würde sie schon noch überzeugen.

Was Jared von der ganzen Sache hielt, konnte ich schwer beurteilen. Aber wir wollten uns am kommenden Tag treffen und da könnte ich ihn gleich danach fragen.

Ich war jedenfalls froh, dass alles so gut verlaufen war und freute mich auf das Treffen morgen mit Jared.

Kapitel 20 – Der Abschied

Ich saß auf der Lichtung und wartete auf Leila.

Nach dem Vorstellen gestern hatten wir uns für heute verabredet. Der vergangene Tag war ganz ok gewesen und besser verlaufen, als ich gedacht hatte.

Natürlich war ich mit meiner Selbstbeherrschung fast an die Grenzen gestoßen – genau wie ich erwartet hatte. Aber irgendwie war es mir gelungen, mir nichts anmerken zu lassen. Und nach einer Weile hatte ich mich sogar beruhigt und an den intensiven Geruch mehrerer Menschen in meiner Nähe gewöhnt.

Denn es war nicht nur Jessica sondern auch Leilas Freundin Katlin aufgetaucht.

Ich hielt Kat für etwas ausgeflippt und verrückt, aber sie war lustig. Sie glaubte nicht wirklich, was ich bin und schien Vampire nicht besonders leiden zu können. Aber das konnte ich verstehen, schließlich haben wir mit Recht keinen besonders guten Ruf.

Jessi war da anders. Sie war echt nett und nachdem sie anfangs etwas ängstlich gewesen war, hatte sie mich zum Schluss wie einen Freund behandelt.

Dass die beiden tatsächlich relativ entspannt blieben und Leila so blind vertrauten, hatte mich ein wenig überrascht. Aber es zeugte auch davon, dass Leila selbst mir ein solch starkes Vertrauen entgegen brachte und ohne Bedenken mir ihre Freundinnen vorstellte.

Ich hatte die beiden auf Anhieb gemocht und war mir sicher, dass sie das Geheimnis um die Vampire für sich behielten.

Doch mich beschäftigte etwas anderes. Leila hatte gestern ein Kleid getragen. Es war ecrufarben und ich fand sie darin wunderhübsch. Jedoch erinnerte mich das Kleid an damals. Genauso eines war Elenas Lieblingskleid gewesen.

Deshalb hatte ich die halbe Nacht über damals und heute nachgedacht.

Ich mochte Leila sehr, aber ich wusste, dass ich nicht hier bleiben konnte. Das war mir schon klar gewesen, als ich hierher zurückgekehrt war. Ich hatte Angst, dass ich mich irgendwann nicht im Griff hätte. Und wenn ich ihr dann etwas antat, würde ich mir das nie verzeihen. Umso eher ich ging, umso leichter und sicherer wäre es für sie. Ich wusste, dass ich sie nie vergessen könnte, aber es ging nicht anders.

In diesem Moment betrat Leila die Lichtung. Sie strahlte mich an.

„Hi“, sagte ich, um ein Lächeln bemüht.

„Hi. Sorry noch mal, wegen gestern. Es war echt nicht geplant, dass Kat auftaucht“, entschuldigte sie sich und setzte sich neben mich.

„Schon ok. Außerdem finde ich deine Freundinnen echt nett“, beruhigte ich sie.

Wir redeten eine Zeit lang über gestern, bis Leila schließlich etwas besorgt fragte: „Sag mal, ist irgendetwas? Du wirkst bedrückt.“

„Ich habe nachgedacht“, gestand ich und seufzte resigniert. „Es ist für dich zu gefährlich, wenn ich länger da bleibe.“

„Du willst gehen?“ Entsetzt schaute sie mich an und wirkte mit einem Mal traurig.

„Ja. Es ist besser so.“ antwortete ich lediglich. Es fiel mir unendlich schwer, aber ich konnte es ihr nicht erklären.

„Aber…“ Leila wollte protestieren.

Doch ich unterbrach sie. „Es tut mir leid. Ich kann verstehen, dass es nicht leicht für dich ist. Wenn man jemanden gern hat, ist es nie leicht ihn gehen zu lassen“, meinte ich genauso niedergeschlagen wie sie.

„Ich will dich aber nicht gehen lassen! Du hast mir noch immer nicht alle Fragen beantwortet und… Ich will dich einfach nicht verlieren.“

Leila sah total verzweifelt aus. Sie hatte Tränen in den Augen und es zerriss mir fast das Herz, sie so zu sehen.

„He. Mir fällt es auch nicht leicht, aber ich muss gehen", sagte ich mitfühlend und blickte sie entschuldigend an.

„Ich…ich werde dich vermissen", stotterte sie schluchzend.

Sanft strich ich ihr über die Wange. „Ich dich auch", erwiderte ich und beugte mich ein Stück zu ihr vor. „Ich werde dich nie vergessen. Du bist wirklich etwas ganz besonderes für mich", flüsterte ich und gab Leila dann ganz vorsichtig einen Kuss auf die Wange. Zu meiner Überraschung blieb sie total ruhig sitzen und ließ es geschehen.

Und das tat gut. Sie hatte keine Ahnung, was ich in Wirklichkeit für sie empfand und sie sollte es auch nicht erfahren. Es war meine einzige Möglichkeit, dieses Mädchen zu schützen.

„Jared, bitte geh nicht", schluchzte sie und blinzelte mich zwischen ihren Tränen hindurch flehend an.

Doch ich schüttelte den Kopf. „Ich wünsche dir alles Gute. Und die Sache mit deinen Eltern tut mir unendlich Leid", flüsterte ich und drehte mich um.

Ich hörte, wie Leila mir hinterher rief, aber ich schaute nicht zurück.

`Es ist besser so für sie´, dachte ich.

Während ich rannte, sah ich ihr Gesicht vor mir. Genau wie damals lief ich vor meinen Erinnerungen und meiner Natur davon. Aber dieses Mal wusste ich, dass sie mir verziehen hatte. Sie hatte keine Angst mehr vor mir. Im Gegenteil: Ich war ihr ein Freund geworden.

Mir war klar, dass ich sie mit dieser Flucht verletzte, aber es ging nicht anders.

Und egal wie lange ich noch existieren würde, ich würde Leila niemals vergessen.

Kapitel 21 – Todesangst

Ich konnte mich an die letzten Wochen fast gar nicht erinnern. Es war inzwischen Mitte Juli. Vor zwei Monaten war Jared gegangen. Es war an dem Sonntag nach dem Treffen mit meinen Freundinnen gewesen. Zuerst hatten wir uns nur unterhalten, doch etwas war anders gewesen. Schließlich hatte er erklärt, er müsse gehen. Damit ich in Sicherheit wäre und es wäre besser so.

Mein Versuch, ihn aufzuhalten, war gescheitert. Jared war gegangen.

Ich hätte ihm sagen müssen, dass ich in ihn verknallt bin. Aber irgendwie war es mir peinlich und außerdem war ich zu schüchtern.

Natürlich wusste ich, dass es für ihn ebenfalls nicht leicht war. Jared hatte traurig geklungen und mir zum Abschied einen Kuss auf die Wange gegeben. Es war ein unbeschreibliches Gefühl gewesen, als seine kalten Lippen mich berührt hatten. Noch heute konnte ich dieses angenehme Kribbeln auf der Haut spüren, wenn ich daran dachte.

Tagelang hatte ich gehofft, er würde zurückkommen. Doch das war er nicht.

Ich hatte Jessi, Katlin und Tante Sue alles erzählt. Sie hatten versucht, mich zu trösten und abzulenken. Aber ich konnte Jared einfach nicht vergessen.

Das letzte bisschen Hoffnung, er könne noch da oder wieder zurückgekehrt sein, trieb mich heute in den Wald.

Es war regnerisch und kein Tier war zu hören oder zu sehen. Ich fühlte mich allein und verlassen, als ich auf die Lichtung kam. In den letzten Wochen hatte ich mich nicht her getraut, aus Angst, die Erinnerungen an die Unterhaltungen hier mit Jared seien zu schmerzhaft.

Nun stand ich hier, aber er war nicht da. Enttäuscht ließ ich die Schultern hängen und wollte zurückgehen.

Plötzlich sah ich etwas am Rand der Lichtung.

„Jared?!", rief ich hoffnungsvoll. Sollte er tatsächlich hier sein?

Der Schatten formte sich langsam zu einer menschlichen Gestalt. „Tut mir leid. Ich heiße nicht Jared und kenne auch niemanden mit diesem Namen. Ich bin David."

Der Unbekannte kam auf mich zu. Seine Stimme war etwas tiefer als Jareds und irgendwie gefährlicher. Er hatte braune Haare und trug etwas altwirkende Kleidung. Seine Haut war fast weiß. Ich musterte ihn genauer und zuckte zusammen. Seine Augen waren rot.

Er schien meine Angst zu bemerken. „Du brauchst dich nicht zu fürchten. Ich tue dir nichts", sagte er und schien mich beruhigen zu wollen. Gleichzeitig kam er langsam auf mich zu. Wie ein Raubtier auf Jagd schlich er sich an.

„Es fällt mir schwer, das zu glauben. Ich sehe, was du bist", entgegnete ich. Meine Stimme klang dabei nicht ganz so fest wie beabsichtigt.

„Was bin ich denn?", fragte David provozierend und kam noch näher.

Ich wich zurück. „Ein Vampir."

Er begann lauthals zu lachen. „Schlaues Mädchen, aber das wird dir nichts nützen. Du wirst ein leckeres Essen sein." Genüsslich leckte er sich über die Lippen.

Ich überlegte fieberhaft, was ich tun sollte. Wegrennen würde nicht viel bringen. Doch wie sollte ich mich wehren, wenn er mich angriff? Vor Angst zitterte ich und war unfähig mich zu bewegen. `Denk nach, verdammt!`, zwang ich mich. `Irgendetwas muss dir doch einfallen!`

Inzwischen bereitete der Vampir sich auf den Angriff vor.

`Gleich ist es zu Ende und ich würde sterben`, schoss es mir durch den Kopf.

Da kam ein Schatten aus dem Wald gerannt und stürzte sich auf den Vampir. Im Bruchteil einer Sekunde standen beide wieder und ich erkannte, wer mich da gerettet hatte.

„Jared!“, schluchzte ich erleichtert. Am liebsten wäre ich auf ihn zu gelaufen, doch die Furcht lähmte mich noch immer.

Mein Beschützer stand jetzt zwischen mir und David. „Verschwinde! Das ist mein Revier!“, knurrte Jared wütend.

Doch der andere Vampir lachte nur. „Ich bin nur auf der Durchreise und wollte einen kleinen Zwischensnack genießen“, entgegnete er und kam dabei wieder langsam in meine Richtung.

„Lass sie in Ruhe!“, brüllte Jared. Er war außer sich vor Wut und stürzte sich auf ihn. „Lauf, Leila! Los! Renn weg!“, rief er gleichzeitig mir zu.

Endlich erwachte ich aus meiner Starre und rannte los. Auf dem unebenen Waldboden fiel ich fast hin, doch ich musste weiter. Hinter mir hörte ich ein Knurren. Er verfolgte mich! Ich versuchte, noch schneller zu laufen. Mein Herz hämmerte und meine Angst wuchs.

Doch da passierte es. Der Vampir holte mich ein und sprang. Dabei warf er mich zu Boden und ich riss schützend den Arm hoch. Dadurch schaffte er es nicht, mir in den Hals zu beißen, aber ich spürte trotzdem einen unglaublichen

Schmerz. Er hatte mir in den Arm gebissen und trank. Es fühlte sich so an, als würde mein Arm brennen und ich schrie.

Da spürte ich, wie der Vampir von mir weggerissen wurde. Lautes Knurren und Schmerzensschreie waren zu hören, von denen ich mir nicht sicher war, ob sie von mir, Jared oder dem anderen Vampir kamen.

Irgendwann herrschte dann Stille, doch dafür roch es verbrannt. Ich wollte meine Augen öffnen, um zu sehen, was da brannte. Aber ich konnte mich nicht bewegen. Dieser stechende Schmerz lähmte mich völlig.

Da hörte ich wie aus der Ferne Jareds Stimme.

Ich war mir nicht sicher, ob das Wirklichkeit war oder das Brennen mich nur verrückt machte.

„Leila!", rief er. „Bitte! Du darfst nicht sterben! Hörst du? Bitte halt durch, ja? Ich mach, dass der Schmerz aufhört. Versprochen!"

Ich spürte etwas Kaltes an meinem Arm und das Brennen ließ nach. Gleichzeitig verlor ich das Bewusstsein und alles wurde schwarz.

Kapitel 22 – Zukunft mit einem Vampir?

Als ich langsam wieder zu mir kam, wusste ich zuerst nicht, wo ich mich befand und was passiert war.

„Leila?", hörte ich eine Stimme.

Ich öffnete die Augen und erkannte, dass ich in meinem Bett lag.

Sue saß neben mir. Sie sah verweint aus. „Leila! Wie geht es dir, Kleine?", fragte sie besorgt.

„Gut. Glaube ich zumindest", antwortete ich. Da bemerkte ich, dass mein Arm höllisch wehtat. Ich versuchte ihn zu bewegen. „Ah!", stöhnte ich.

„Ist schon gut. Das wird schon wieder", versuchte Sue mich zu beruhigen.

„Was ist passiert?", wollte ich von ihr wissen, denn ich konnte mich an nichts mehr erinnern.

„Ich hatte gehofft, das könntest du mir sagen." Tante Sue sah mich fragend an.

„Ich weiß nicht. Wie komme ich eigentlich hierher?", fragte ich weiter und versuchte verzweifelt, mich zu erinnern. Mit dem einzigen Ergebnis, dass mein Kopf anfing zu schmerzen.

„Es hatte an der Terrassentür geklopft", begann Sue zu erklären. „Davor stand ein blasser Typ mit roten Augen. Ich vermute, das war dein Jared. Er hatte dich auf dem Arm und sagte, du hättest viel Blut verloren. Aber du würdest durchkommen. Ich solle mir keine Sorgen machen und es tue ihm leid. Kannst du mir sagen, was das zu bedeuten hat?", fragte sie schließlich.

Und da fiel mir alles wieder ein. Der fremde Vampir David, Jareds Rückkehr, der Kampf, der Biss. Mit einem Mal sprudelte alles aus mir heraus.

Sue war geschockt, als sie das hörte und gleichzeitig erleichtert, dass mir nichts weiter passiert war.

Ich blieb den ganzen Tag im Bett liegen und war einfach zu schwach, um aufzustehen. In der Nacht träumte ich von einem Vampir, der mich angriff.

Am nächsten Morgen war ich noch immer müde. Sue meinte, ich solle lieber zu Hause bleiben, doch es war Schule und ich fühlte mich schon etwas besser als gestern. Der Arm war verbunden und tat weh, aber ansonsten ging es mir einiger Maßen gut. Dass ich mit der Verletzung Fahrrad fahren konnte, traute Tante Sue mir allerdings nicht zu und fuhr mich deshalb zur Schule.

Meine Freunde waren überrascht, mich so zu sehen. „Was ist dir denn passiert?", fragte Janik besorgt.

„Ach nichts. Mir ist das Messer aus der Hand gefallen", antwortete ich ausweichend. Ich wusste, das klang mehr als komisch, aber mir fiel nichts Besseres ein und er fragte zum Glück auch nicht weiter nach.

Ich zog Jessica und Katlin zur Seite. „Ich muss mit euch reden." Froh, dass die Beiden die Wahrheit wussten, berichtete ihnen von dem Ereignis gestern im Wald. Wäre mein Arm nicht wirklich so stark verletzt gewesen, hätten sie mir wahrscheinlich nicht geglaubt.

„Mir fällt es ja schon schwer zu glauben, dass Jared ein Vampir ist. Aber dass es noch mehr von der Sorte geben soll, kann ich mir nur schlecht vorstellen", meinte Kat skeptisch.

„Ich war auch überrascht, als ich ihn sah. Das kannst du mir glauben" entgegnete ich.

„Ich frage mich, wie Jared dich gerettet hat. Ich meine, durch einen Vampirbiss verwandelt man sich doch, oder?", fragte Jessi unsicher.

„Keine Ahnung. Vielleicht hat er mir das Gift irgendwie rausgezogen", mutmaßte ich.

„Dann hätte er von dir trinken müssen. Glaubst du wirklich, er hätte es geschafft, dann wieder aufzuhören?" Jessi sah mich zweifelnd an.

„Igitt. So etwas will ich mir gar nicht vorstellen. Von einem Vampir ausgesaugt zu werden. Nein danke", meinte Kat und schüttelte sich vor Ekel.

Doch ich zuckte nur mit den Schultern. „Wenn Jared mir dadurch das Leben gerettet hat, dann stört mich das nicht. Außerdem bin ich einfach nur glücklich, dass er wieder da ist."

„Glaubst du, er bleibt dieses Mal etwas länger?", fragte Jessi nachdenklich. „Schließlich scheinst du ihm ja eine Menge zu bedeuten, wenn er dich so beschützt."

Ich musste lächeln. Ja, aus irgendeinem Grund mochte er mich. „Ich hoffe es", antwortete ich aus tiefsten Herzen.

„Wie man in so ein untotes Ding verknallt sein kann, werde ich wohl nie verstehen. Da ist mir Janik lieber", erwiderte Katlin, der mein verträumter Blick nicht entgangen war.

„Wäre mir auch nichts", stimmte Jessi ihr zu.

„Du hast ja auch Leon", entgegnete ich nur. Mir war klar, dass sie mich nicht verstehen konnten. Es war mir ja selbst ein Rätsel, wie ich in Jared – einen Mörder – verliebt sein konnte.

„Wie stellst du dir das eigentlich vor? Ich meine, angenommen, er steht wirklich auf dich. Wie willst du dann mit ihm zusammen sein?", warf Katlin skeptisch ein.

Ich sah sie verwirrt an. Das war eine gute Frage.

„Stimmt. Er ist unsterblich und wird nie altern. Du allerdings schon“, pflichtete Jessi ihr bei.

„Ich weiß nicht. Darüber habe ich nie nachgedacht“, gestand ich.

Wir hätten wahrscheinlich noch weiter diskutiert, aber da erklang die Schulglocke und der Unterricht begann.

Es fiel mir schwer, mich auf den Unterricht zu konzentrieren. Einerseits, weil mein Arm schmerzte und andererseits, weil mir so viele Fragen durch den Kopf gingen. Warum war Jared zurückgekehrt? Wie lange würde er bleiben? Hatten wir eine Zukunft? Wenn ja, wie? Liebte er mich überhaupt?

Ich beschloss, ihn am Wochenende zu suchen. Er musste mir sowieso endlich mal sagen, warum er manchmal so komisch war und mich als etwas Besonderes ansah.

Hoffentlich war Jared noch da.

Kapitel 23 – Danke

Endlich war Wochenende. Der Arm tat noch etwas weh, aber es sah so aus, als wäre in einigen Tagen alles verheilt.

Ich hatte keine Ahnung, ob Jared vielleicht auf mich wartete oder schon wieder gegangen war. Sue gefiel es überhaupt nicht, dass ich in den Wald wollte, aber sie konnte mich nicht aufhalten. Entschlossen, ihn zu finden und zur Rede zu stellen, lief ich los. Ich nahm Arja mit. Auch wenn sie noch nicht einmal ein halbes Jahr alt war, fühlte ich mich mit ihr sicherer. Denn den Angriff des anderen Vampirs konnte ich einfach nicht vergessen. Deshalb war mir etwas mulmig, als ich im Wald nach Jared suchte.

Arja zerrte an der Leine und ich hatte Mühe, sie zu halten.

„Hör auf, Arja! Schluss jetzt!", befahl ich, doch sie wollte sich nicht beruhigen.

Normalerweise hörte Arja aufs Wort und sie hatte nie einem Tier – nicht einmal einer Katze – hinterhergejagt. Doch diesmal zog sie mich durch den Wald. Dabei schnupperte sie ständig, als verfolge sie eine Spur.

Schließlich erkannte ich, wohin sie mich führte: zur Lichtung.

Arja bellte kurz und sah mich dann an, als wollte sie sagen: Ich habe ihn gefunden, bekomme ich eine Belohnung?

Ich lachte. Arja hatte tatsächlich die ganze Zeit über Jareds Spur verfolgt.

Er stand auf der Lichtung und kam jetzt auf uns zu. „Sie wäre bestimmt ein guter Suchhund", sagte er schmunzelnd und streichelte die junge Hündin. Dann wandte er sich an mich. „Wie geht es deinem Arm?", fragte er voller Sorge.

„Ganz gut", antwortete ich, was ihn zu beruhigen schien.

Wir gingen zu den Felsen und setzten uns. Obwohl ich schon mehrmals auf der Lichtung gewesen war, fand ich sie jedes Mal aufs Neue atemberaubend schön. Dieser Frieden hier war unglaublich wohltuend.

„Es tut mir leid, dass ich gegangen war und du deshalb in Gefahr gekommen bist", begann Jared entschuldigend.

„Ich bin froh, dass du wieder da bist. Und danke. Du… du hast mir das Leben gerettet", seufzte ich. Und das entsprach der Wahrheit. Ich war wirklich überglücklich, dass er zurückgekommen war. Auch wenn Jared den eigentlichen Grund nicht kannte. Er war einfach nur süß und ich könnte ihn die ganze Zeit über anhimmeln, aber das war mir zu peinlich.

Er lächelte und meinte etwas traurig: „Ja. Aber vergiss nicht, dass auch ich so sein kann wie er."

Doch das bezweifelte ich. Ich hatte ihn zwar schon einmal auf Jagd erlebt - damals, als er meine Eltern getötet hatte - aber ich glaubte an sein gutes Herz.

„Was ist eigentlich aus ihm geworden?", fragte ich, denn ich hatte schon etwas Angst, dass der Vampir noch da war und mich wieder angriff.

„Er ist tot", kam als Antwort.

Da erinnerte ich mich an den verbrannten Geruch und was Jared über das Vernichten von Vampiren erzählt hatte. „Du hast ihn also besiegt und dann verbrannt?", wollte ich wissen.

„Ja. Er hatte die Chance zu gehen, aber die hat er nicht genutzt. Stattdessen wollte er dich umbringen und es war die einzige Möglichkeit, dich zu retten." Als er das sagte, konnte ich ihm ansehen, welche Angst er um mich gehabt hatte.

Natürlich hätte der Kampf auch anders ausgehen können. Wenn dieser David gewonnen hätte, hätte er wahrscheinlich Jared umgebracht. Doch das wollte ich mir gar nicht vorstellen. „Wenn du nicht zurückgekommen wärst…" begann ich, aber meine Stimme versagte. Denn was dann passiert wäre, daran wollte ich lieber nicht denken.

„Ich hatte irgendwie geahnt, dass etwas nicht stimmt. Als ich dann auf seine Fährte stieß, war mir die Gefahr sofort bewusst. Solltest du dich im Wald aufhalten und er dich finden, würde das böse enden. Ich habe dann nur gehofft, dass ich rechtzeitig komme", erklärte Jared und schien diese Erinnerung schnell wieder verdrängen zu wollen.

Also wechselte ich das Thema. „Wie wird man eigentlich in einen Vampir verwandelt?"

„Wie kommst du jetzt darauf?", fragte er verblüfft.

„Naja. Es wird doch häufig gesagt, dass bei einem Biss ein Gift übertragen wird, wodurch man sich dann verwandelt. Er hat mich gebissen und ich bin trotzdem kein Vampir. Heißt das, diese Verwandlungstheorie stimmt nicht?"

„Doch", antwortete Jared. „Aber das Gift braucht mehrere Stunden manchmal Tage, bis die Verwandlung abgeschlossen ist. Und bei dir hatte es nur wenige Minuten. Es konnte sich also nicht einmal richtig im Körper verteilen, was dein Glück war."

„Wie hast du es geschafft?", hakte ich nach.

Jared senkte verlegen den Kopf. „Ich hatte keine andere Wahl. Hätte ich es nicht rausgeholt, wärst du gestorben oder hättest dich verwandelt", versuchte er sich zu verteidigen.

„Ich mach dir doch keine Vorwürfe, dass du von mir getrunken hast. Mich wundert es nur. Ich meine, du bist gegangen, weil du Angst hattest, dass du mir etwas antust. Und so trinkst du mein Blut und schaffst es, wieder aufzuhören. Das klingt einfach komisch. Oder schmecke ich so schlecht?", fragte ich, um ihn zum Lachen zu bringen, was mir auch gelang.

„Im Gegenteil. Du bist das Leckerste, was ich je zu mir genommen habe", sagte Jared schmunzelnd, doch dann wurde er wieder ernst. „Ich weiß, dass es riskant war. Ich hätte nie gedacht, dass ich so viel Selbstbeherrschung aufbringen kann. Aber du bist mir wichtig und ich hatte Angst um dich." Er sah bei der Erinnerung traurig aus.

Ich konnte mich noch gut daran erinnern, wie verzweifelt er geklungen hatte, bevor ich das Bewusstsein verloren hatte.

„Du hast es aber geschafft. Und dafür bin ich dir ewig dankbar", sagte ich aus tiefstem Herzen.

„Ich werde dich nie wieder allein lassen", versprach er und schaute mich dabei liebevoll an.

„Das heißt, du bleibst jetzt für immer bei mir?", fragte ich erstaunt und konnte mein Glück kaum fassen.

„Wenn du das willst, ja", antwortete Jared voller Ernst.

Ich strahlte. „Natürlich", sagte ich total glücklich und hätte ihn am liebsten umarmt. Aber das traute ich mir dann doch nicht.

Auch er schien sich zu freuen, denn er lächelte.

Ich blieb bis zum Abend bei ihm. Dabei versuchte ich, endlich etwas über seine Vergangenheit als Mensch zu erfahren. Aber Jared schwieg beharrlich. Die einzige Antwort, die ich bekam, war, dass er noch nicht so weit wäre. Irgendwann würde er mir alles erzählen, aber zuerst müsse er über einiges nachdenken.

Ich gab ihm die Zeit, schließlich hatte Jared versprochen, mich nie wieder zu verlassen.

Kapitel 24 – Wahre Liebe

Inzwischen waren Sommerferien. Jessi hatte Geburtstag und gab eine Party. Es waren alle da: Leon, Katlin, Janik, Alexa und ich. Natürlich feierte auch ihre Schwester Ashleigh mit. Und sogar Jared hatte sie eingeladen.

Da die anderen nicht erfahren sollten, was er war, trug er farbige Kontaktlinsen. Ich hatte extra nach indigoblauen gesucht, weil ich wissen wollte, wie er damals ausgesehen hatte. Und er sah so wirklich total süß aus. Wenn ich nicht wüsste, was er ist, hätte ich ihn für einen ganz normalen Menschen gehalten. Ok, mit sehr blasser Haut.

Allerdings hatte ich mir noch immer nicht getraut, Jared meine Gefühle für ihn zu gestehen.

Die Party währenddessen war toll. Die Stimmung war einfach super und das Beste: Jared war da. In meinem Lieblingskleid war ich einfach nur glücklich, vor allem, weil ich gerade mit Jared tanzte. Ich fühlte mich in seinen Armen wohl und Angst hatte ich schon längst nicht mehr. Er war ein Vampir, na und. Ich wusste, dass ich ihm vertrauen konnte.

„Du bist wunderhübsch", meinte er da plötzlich mit einem zärtlichen Ausdruck im Gesicht.

Ich spürte, wie ich rot wurde. „Danke." Ich wusste einfach nicht, was ich sonst sagen sollte.

Da beugte er sich ganz langsam vor und küsste mich sanft auf die Wange.

„Du wolltest doch immer wissen, warum ich dich nie angegriffen habe", sagte Jared dann leise.

Ich brachte nur ein Nicken zustande, weil ich noch immer total überwältigt von dem überraschenden Kuss war.

„Nun ja, ich konnte es dir nicht sagen, weil es mit meinem damaligen Leben zusammenhängt", erklärte er.

„Deshalb hast du auch davon nie erzählt. Es ist damals irgendetwas passiert, was du nicht wirklich überwunden hast. Das ist auch der Grund, warum du manchmal so traurig bist", vermutete ich, als ich endlich meine Stimme wiedergefunden hatte.

Er zog mich zur Seite, damit die anderen Partygäste nicht mithören konnten. „Es fällt mir nicht leicht, darüber zu reden. Aber du sollst es wissen." Und dann begann er zu erzählen:

„Ich hatte eine kleine Schwester. Sie hieß Elena und war sechs Jahre alt. Unsere Mutter war bei ihrer Geburt gestorben. Unser Vater war schwer krank und ist wenige Tage nach meinem 19. Geburtstag gestorben.

Ich hatte geschworen, mich um Elena zu kümmern. Sie hatte doch sonst niemanden mehr.

Eines Abends, als wir gerade auf dem Weg nach Hause waren, passierte es. Ein Vampir war in die Stadt gekommen und griff uns plötzlich an. Er ging zuerst auf mich los. Ich hatte keine Chance mich zu wehren. Elena stand total geschockt daneben. Ich hätte alles für sie getan und mich geopfert, aber der Vampir ließ mich liegen und stürzte sich auf sie.

Elena hat geschrien und gefleht, er solle sie in Ruhe lassen. Sie konnte nichts gegen ihn ausrichten.

Ich werde nie vergessen können, wie hilflos ich mich fühlte. Es war ein brennender Schmerz. Ich konnte mich nicht bewegen und durch den Blutverlust war ich geschwächt. Ansonsten hätte ich sie beschützen können.

Er hat sie umgebracht und ist dann verschwunden. Es hat ihn nicht einmal interessiert, dass ich noch lebte.

Als ich mich vollständig verwandelt hatte, habe ich Elena begraben.

Ich mache mir bis heute Vorwürfe, dass ich tatenlos mit ansehen musste, wie sie starb. Und manchmal höre ich noch heute ihre Hilferufe.

Sie war noch so jung und hatte ihr ganzes Leben vor sich.

Ich hätte einen Weg finden müssen, um sie irgendwie zu retten.

Vor zehn Jahren, als du dich im Gebüsch versteckt hattest und flehtest, ich solle dir nichts tun, da habe ich Elena vor mir gesehen. Du sahst genauso aus, wie damals sie und hattest ungefähr das gleiche Alter.

Hätte ich dich getötet, wäre es so gewesen, als hätte ich meine eigene Schwester umgebracht. Ich konnte es einfach nicht.

Ich habe dich danach nie vergessen. Also beschloss ich, wieder hierher zu kommen. Ich wollte wissen, was aus dir geworden ist und wie du heute aussiehst - und damit höchstwahrscheinlich meine kleine Schwester ausgesehen hätte, wäre sie so alt geworden.

Natürlich war es nicht leicht. Einerseits, weil du schlimme Erinnerungen in mir geweckt hast und andererseits, weil ich gegen meinen Blutdurst ankämpfen musste.

Als ich deine Tante bei unserer nächsten Begegnung am Telefon gehört habe, da wusste ich, wie sie sich fühlte. Nämlich genauso wie ich mich bei Elenas Tod gefühlt habe: hilflos, weil sie dir nicht helfen konnte.

Es ist nicht so, dass du ein Ersatz für Elena bist. Ich habe dich wirklich gern. Aber wenn du ihr nicht so ähnlich sehen würdest, hätte ich dir damals das Blut ausgesaugt.

Durch dich habe ich gelernt, dass ich nicht das Monster sein muss, als das der Vampir gilt. Ich habe in den letzten Wochen keinem einzigen Menschen etwas angetan. Ich kann mich von Tierblut ernähren, wenn ich es nur wirklich will. Es schmeckt nicht so gut, aber man kann davon leben. Verstehst du? Vampire müssen keine Menschen töten. Wichtig ist nur, dass wir Blut bekommen.

Ich weiß, das ist jetzt alles etwas viel auf einmal. Aber es war an der Zeit, dass du die Wahrheit erfährst."

Ich war sprachlos. Ok, ich hatte mir bereits gedacht, dass er eine schlimme Geschichte erlebt haben musste, wenn er darüber nicht reden wollte. Aber dass Jared den Tod seiner kleinen Schwester miterlebt hatte und ich ihn an sie erinnerte, das war wirklich furchtbar und selbstverständlich nicht leicht für ihn. Langsam begann ich ihn zu verstehen.

„Jared, ich muss dir auch etwas sagen", gestand ich schließlich. „Also, ich… ich liebe dich", flüsterte ich. Puh, jetzt war es raus. Zweifelnd sah ich ihn an, denn etwas Angst hatte ich vor seiner Reaktion schon. Fühlte er genauso wie ich oder würde er sich über mich lustig machen?

Doch Jared nahm mich einfach in den Arm und küsste mich. Ja, so richtig auf den Mund. Es war ein unglaubliches Gefühl. Seine kalten Lippen waren weich und der Kuss war einfach nur atemberaubend schön.

„Ich liebe dich auch, Leila", sagte er dann voller Zuneigung.

„Ich will mit dir zusammen sein. Für immer", sprach ich meine Gedanken laut aus. Bisher hatte ich nie darüber nachgedacht, wie das gehen sollte. Doch in diesem Moment war mir die Lösung eingefallen. Und ich spürte, dass es so richtig war.

„Wie stellst du dir das vor? Ich bin kein Mensch und werde auch nie wieder einer sein können“, entgegnete Jared und schien überhaupt nicht auf die naheliegende Idee zu kommen.

„Aber du kannst mich verwandeln. Du hast selbst gesagt, dass du keine Menschen töten musst, um dich zu ernähren. Wir könnten beide so leben“, erklärte ich.

„Willst du das wirklich? Wenn du dich einmal verwandelt hast, gibt es kein Zurück mehr. Und vergiss nicht, was das bedeuten würde. Du müsstest in einigen Jahren mitansehen, wie deine Tante und deine Freundinnen -einfach alle, die du kennst- sterben, während du nicht einmal altern wirst“, meinte Jared. Er sah besorgt aus.

Ich konnte verstehen, dass ihn diese Vorstellung schockte. Er war nicht freiwillig ein Vampir geworden. Dass ich mich für so ein Leben entschied, welches er nie gewollt hatte, war für ihn schwer zu begreifen.

Doch ich war mir sicher. Genau das war es, was ich wollte. „Ich weiß, dass das nicht leicht werden wird, aber ich will bei dir sein. Und ich spüre, dass es richtig so ist. Wir gehören zusammen und irgendwie schaffen wir das schon“, sagte ich überzeugt.

„Nimm dir noch ein paar Tage Zeit, um darüber nachzudenken. Wenn du dir dann immer noch so sicher bist, werde ich dich verwandeln. Versprochen. Aber ich will nicht, dass du in einigen Jahren deine Entscheidung bereust und sie dann nicht mehr rückgängig machen kannst.“

Ich strahlte. „Ich bin mir sicher. Aber wenn du willst, denke ich noch einmal darüber nach. Allerdings wird sich mein Entschluss nicht verändern“, sagte ich ohne irgendwelche Zweifel. Dann sah ich ihn lächelnd an und fragte neckend: „Du weißt schon, dass du mich nie mehr loswirst, wenn ich verwandelt bin?“

„Das will ich auch nicht. Die Ewigkeit ohne dich ist für mich unvorstellbar“, antwortete er ehrlich.

Ich kuschelte mich an Jared und küsste ihn. Meine Entscheidung stand fest und ich war einfach nur überglücklich

Epilog

Leila kannte endlich meine Vergangenheit und wusste auch, dass ich sie liebte. Ich hatte ihr alles erzählt und sie schien mich zu verstehen. Es tat gut, endlich jemanden zu haben, mit dem ich reden konnte.

Wir waren jetzt seit drei Monaten zusammen. Vor sechs Wochen habe ich ihr ihren Wunsch erfüllt und sie verwandelt. Leila hatte sich dazu entschlossen und war nicht mehr umzustimmen gewesen.

Natürlich freute es mich, dass es ihr so ernst war. Doch ich war mir nicht sicher, ob ihr wirklich bewusst war, auf was sie sich da einließ.

Es war nicht leicht gewesen mitanzusehen, wie sie sich verwandelte. Das Gift löst starke Schmerzen aus und auch wenn sie versucht hatte, nicht zu schreien, wusste ich, dass die Verwandlung sich wie eine Reise durch die Hölle anfühlt.

Doch Leila war tapfer gewesen und hatte es einfach über sich ergehen lassen. Es war schließlich ihr Wunsch gewesen und der einzige Weg, wenn wir wirklich eine gemeinsame Zukunft haben wollten.

Ihre Tante und ihre Freundinnen Jessica und Katlin wussten darüber Bescheid, dass Leila jetzt ebenfalls ein Vampir war. Sie hatten ihre Entscheidung akzeptiert, auch wenn es für sie nicht leicht gewesen war. Ganz nebenbei hatte Sue mich in ihre kleine Familie mit aufgenommen. Und auch Kat schien ihre Ablehnung gegenüber Untoten langsam abzulegen.

Leila währenddessen machte sich wirklich gut. Anfangs hatte sie ihren Blutdurst noch nicht ganz kontrollieren können, was normal war. Ich hatte ja auch unendlich lange gebraucht, ehe ich mich dagegen wehren konnte.

Inzwischen bewegte sich Leila in der Stadt und zwischen den Menschen beinah völlig frei. Sie benahm sich wie ein normaler Mensch und hatte nichts von dem Ungeheuer, für das wir immer gehalten werden. Dass es für sie nicht leicht werden würde, hatte sie gewusst. Aber sie fand sich recht schnell mit ihrem neuen Leben ab. Und ich gab mein Bestes, sie dabei zu unterstützen.

Außerdem hatte Leila Recht: Gemeinsam würden wir alles schaffen, denn wir gehörten einfach zusammen. Für immer.

– Ende –